本色文丛·柳鸣九　主编

花朝月夕

——谢冕散文随笔精选

谢冕／著

谢冕

2017.11·27

海天出版社（中国·深圳）

图书在版编目（CIP）数据

花朝月夕：谢冕散文随笔精选 / 谢冕著；柳鸣九主编. —深圳：
海天出版社，2014.8

（本色文丛）

ISBN 978-7-5507-1055-9

Ⅰ.①花… Ⅱ.①谢… ②柳… Ⅲ.①散文集—中国—当代
Ⅳ.①I267

中国版本图书馆CIP数据核字（2014）第079422号

花 朝 月 夕
HUAZHAOYUEXI

深圳出版发行集团
海天出版社

出 品 人　陈新亮
责任编辑　林星海　梁　萍
责任技编　蔡梅琴
装帧设计　深圳斯迈德设计
Smart 0755-83144228

出版发行　海天出版社
地　　址　深圳市彩田南路海天大厦（518033）
网　　址　www.htph.com.cn
订购电话　0755-83460293（批发）0755-83460397（邮购）
印　　刷　深圳市华信图文印务有限公司
开　　本　787mm×1092mm　1/32
印　　张　8.5
字　　数　131千
版　　次　2014年8月第1版
印　　次　2014年8月第1次
定　　价　28.00元

　　谢冕，1932年1月6日生，福建省福州市人。曾用笔名谢鱼梁。1955年考入北京大学中国语言文学系，1960年毕业留校任教。现为北京大学教授、博士研究生导师。曾任北京大学中国语言文学研究所所长，现任北京大学中国诗歌研究院院长及北京大学中国新诗研究所所长。

　　1948年开始文学创作，曾在《中央日报》《星闽日报》《福建时报》等报刊发表诗和散文等。20世纪50年代开始从事中国现当代文学研究，以及诗歌理论批评。

　　著有学术专著《湖岸诗评》《共和国的星光》《文学的绿色革命》《新世纪的太阳》《大转型——后新时期文化研究》

（合著）《1898：百年忧患》《论二十世纪中国文学》等十余种；散文随笔集《世纪留言》《永远的校园》《流向远方的水》《心中风景》等。

主编《二十世纪中国文学》（10卷）、《百年中国文学经典》（8卷）、《百年中国文学总系》（12卷）、《中国新诗总系》（10卷）等大型丛书。专著《论二十世纪中国文学》《回望百年》获中国当代文学研究会优秀成果奖。

1979年加入中国作家协会。现为北京文艺评论家协会主席、北京作家协会名誉副主席、中国当代文学研究会顾问（原副会长）、中国作家协会全国委员会名誉委员。兼任诗歌理论刊物《诗探索》及《新诗评论》主编。

总序一

深圳市海天出版社似乎颇有点"散文随笔情结"，前几年，他们请季羡林先生主编了一套"当代中国散文八大家"丛书，效果甚好。于是，他们再接再厉，又策划出新的书系"世界散文八大家"。可惜此时季老先生已经仙逝，他们只好退而求其次，请柳某出面张罗。此"世界散文八大家"，召集实不易，漂洋过海，总算陆续抵岸。接着，海天出版社又策划了一套新的文丛，以现今健在的著名文化人的散文随笔为内容。大概是因为柳某与海天出版社有过愉快的合作，自己也常写点散文随笔，又身居"人杰地灵"的北京，便于"以文会友"，于是，他们又要柳某出面张罗。这便是这套书系产生的来由。

什么是散文随笔？前几年，一位被尊为大师的权威人士曾斩钉截铁地谓之为"写身边琐事"。我曾努力去领悟其要义，但就自己有限的文化见识，总觉得这个定义似乎不大靠谱。就"身边"而言，散文随笔的确多写与自己有关的人或事，但远离自己的人与事入文而成经典散文者实不胜枚举；就"琐事"而言，散文随笔写人写事的确讲究具体而入微，见微知著，以小见大。但以经国大业、社稷宏观、高妙艺文、深奥哲理为内容的名篇也常见于史册。不难看出，对于散文随笔而言，"题材不是问题"，任何事物皆可入散文，凡心智所能触及的范围与对象，无一不可成就散文也。故此，窃以为个人心智倒是散文的核心成分。

那么，究竟何谓散文呢？散文的基本要素究竟是什么呢？如果用定义式的语言来说，散文就是自我心智以比较坦直的方式呈现于一定文学形式中，而自我心智者，或为较隽永深刻的自我知性，或为较深切真挚的自我感情。说白了，如果是思想见解，当非人云亦云，而多少要有点独特性，多少要有点嚼头与回味；如果是情感心绪，那就必须是真实的、自然的、本色的、率性的，而要少一些矫饰，少一些虚假，少一些夸张。是的，尽可能少一些，如果不能完全杜绝的话。诗歌中常有的那种提升的、强化的、扩大的感情似乎不宜入散文，还是让它得其所哉，待在诗歌里吧。

至于"一定的语言文学形式"，不外意味着两点，一是非韵文的，这是散文有别于诗歌的最明显的标志；二是要有一定的修饰技巧，一定的艺术化，这则是散文随笔不同于公文告示、法律条文、科普说明以及各种"大白话"的重要标志。

这便是我所理解的散文随笔。我在自己的学术专业之外也经常写一些散文随笔，就是按照自己以上的理解来"炮制"的。今天，我被委以主编重任，也是按照自己以上的理解来操作的，至于我在自己的散文随笔中是否完全实践了自己的理念，是否达到自己的理念，在这次主编工作中是否有不合理、不入情的要求与安排，那就很难说了。呜呼，知与行的脱节与矛盾，人的永恒悲剧也。

出版社在策划这个书系的时候，规定约稿对象为当今的文化名家。当今的文化名家种类何其多也：有在荧屏上煽情与讲道的主持人，有靠摆pose与哭功而大富特富的影视大腕，有靠搞笑与搞怪出位的演艺奇才……人人都在写散文随笔，这大有成为当今散文随笔的主旋律之势。但按我个人的理解，这里所讲的文化名家不外是两种人，即具有作家文笔的著名学者与具有学者底蕴的著名作家，这两者的所长正是我对何为散文理解中所谓的"心智"这一大成分。

由于我自己的圈子所限，第一辑的约稿对象全是上述的第一种人，即具有作家文笔的著名学者，而且基本上都是弄西学的学者或游学国外多年的学者，多散发出一点"洋味"的人。

学者写散文似乎有点"不务正业"，有点越界，侵入了文学家地盘。但对于学者来说，特别是对人文学者来说，却完全是性之所致，是一种必然。他本来就有人文关怀、人文视角、人文感情，这种心智状态、心智功能，一触及世间万物，就莫不碰撞出火花。只要有一点舞文弄墨的兴趣、冲动与技能，自然而然就会产生出有点意思的散文随笔了。虽说舞文弄墨也是一种专门技能，需要培养与操练，但对于弄西学的人文学者来说，整天在世界文库里打滚，耳濡目染，这点技能是可以无师自通的。况且，人文学者于散文创作更有自己的优势，毕竟，他的知性是向全人类精神文化领域敞开的，他的目光是向全世界各种事物投射的。其散文随笔的题材，自是更为丰富多样，投射观察的目光自是更为开阔高远。而得益于世界各种精神文化的滋养，其可调配的颜色自是更为丰富多彩：说不定，也许我们这个时代有意思的散文随笔正是出自学者笔下呢，学者散文实不容当代文学史家忽视也……

所以，我有理由相信，这一套"本色文丛"多多少少会给文化读者带来一点不一样的感觉。

柳鸣九

2012年5月于北京

总序二

"本色文丛"的缘起，我已经在前序中做了说明。只不过，在受托张罗此事的当时，我只把它当作一笔"一次性的小额订单"：仅此一辑，八种书而已，并无任何后续的念头与扩展膨胀的规划。于是，就近在本学界里找了几位对散文随笔写作颇感兴趣、颇有积累的友人，组成了文丛第一辑共八种。出版后不久，我正沉浸在终结了一项劳务后的愉悦感之际，海天社出我意料之外地又提出了新的要求：要柳某把"本色文丛"继续搞下去，而且不排除"做到一定规模"的可能……看来，我最初的感觉没有错：海天社确有散文情结，不是系于一般散文的"情结"，而是系于"文化散文"的情结。而且，也不仅仅于此一点点"情结"，而是一种意愿，一种志趣，一种谋划，一种努力的方向，一种执着的决断。

果然，最近我从海天社那里得到确认，他们要在深圳这块物质财富生产的宝地上，营造出更多的郁郁葱葱的人文绿意，这是海天社近年来特别致力的目标。

在物欲横流、急功近利、浮躁成性、人文精神滑落、正能量价值观有时也不免被侧目而视的社会环境中，在低俗文化、恶俗文化、恶搞文化、各种色调的（纯白的、大红色的、金黄色的）作秀文化大行于道、满天飞舞的时尚中，在书店一片倒闭声中，有一家出版社以人文文化积累为目的，颇愿下大力气，从推出"世界散文八大家"丛书再进而打造一套"本色文丛"，这种见识、这份执着、这份勇气是格外令人瞩目的。

海天出版社要的文化散文，不言而喻，即文化人的精神文化产品。关于文化人，我在前序中有过这样的理解：主要是指有作家文笔的学者与有学者底蕴的作家。如果说"本色文丛"第一辑的作者，基本上是前一种人，第二辑则基本上都是第二种人。这样，"本色文丛"总算齐备了文化散文的两种基本的作者类型，有了自己的两个主要的基石，形成了一个初步的平台。

不论这两种类别的人有哪些差别，但都是以关注社会的人文状况与人文课题为业。其不同于以经济民生、科技工艺、权谋为政、运营操作为业者，也不同于穿着文化彩色衣装而在时尚娱乐潮流中的弄潮者，也可以说，这两种人甚至是以关注人文状况与人文课题为生，以靠充当"精神苦役"（巴尔扎克语）出卖气力为生，即俗称的"爬格子者"。他们远离社会权位和财富利益的持有与分配，其存在状态中也较少地掺和着权谋与物质利益的杂质，因而其对社会、人生、人文，对自我、对人生价值也就可能有更为广泛，更为深刻，更为真挚的认知、感受与思考。

在时下这个物质功利主义张扬、人文精神滑落的时代环境中，且提供一些真实的，不掺杂土与沙子的人文感受、人文思考，为我们这个时代留下一份份真情实感的记录，留下一段段心灵原本感受的再现，留下一幅幅人文人生的掠影，这便是"本色文<u>丛</u>"所希望做到的。

柳鸣九

2014年1月于北京

CONTENTS

目 录

辑三　向诗歌致敬

自序：我的"反季节"写作

　　曹文轩和一些朋友都肯定我的写作风格，说我凸显了某种个人文体，我愧不敢当。但我毕生追求美文却是真的。文字传达人的思想情趣，必须能让人乐于接受，所以文字要美。我在写学术论文时甚至也要求文字的魅力。我希望我的文字给人愉悦。生活中的烦恼够多了，我不希望再给人们增添烦恼。我希望人们在阅读时忘记人间的一切不悦，希望阅读成为人们逃避愁苦的一种快乐。这番认识，是我人过中年以后逐渐形成的。青年时代，我有点激进，有很多自以为是的承担，读我的文字一定会有一种紧张感。此中褒贬，只能顺其自然了。

　　至于我自己，其实我的生活并不轻松，甚至还很沉重，人生的一切困厄我都有。某些时刻文网险恶，阴谋如天，我给自己保留了一份远离尘嚣的宁静与镇定；某些时刻天塌地陷，哀痛令心，我晨昏奔走于毫无遮拦的风寒之中，我的心在流血，我知道此时无人可以替代，只能独自承受。每当此时，我咬紧牙关，不让"沉重"把我压垮，因为我经过苦难，所以有发言权。我告诫自己也奉劝他人："放下！"即使是无可推卸的重压，也要适时地、坚定地全部或部分地"放下"。

也许写作对于我，也是一种"放下"。写作可以延年益寿，此话你可能不信，然而我信。尽管我的季节已届深秋，我知道接着来的就是让人惊怖的冬日。人生百年，所有的人都无法躲过那最后一击。然而我依然迷恋于人间的春花秋月，依然寻找我心中的花朝月夕。我相信文字能创造虚空中的实有，我相信文学的特异功能就是无中生有。文学也好，诗歌也好，总是在人们感到缺憾时有所充填，特别是诗歌。

尽管我居住的城市整日总是雾霾重重，但我依然寻求一片晴朗，在心的一角，为自己，也为别人。我不是浅薄的乐观主义者，我对世间的苦难早已洞彻于心。其实我是一个清醒的悲观主义者，我知道人如何"在"，又如何"不在"。少年时代我满怀理想，青年时代我充满激情，我不嘲笑自己浅薄，甚至还为命运感恩。中年以后，我深知力不从心，有些事非人为。"共百年易过，底须愁闷，千秋事大，也费商量"，这是谁说的？总有些道理吧！

还是回到写作，我希望写作很快乐，读我的文字很快乐。我不喜欢颓唐之语，而这几乎是老年人的通病。他们喜欢忆旧，总是面对昨天，说不尽的忧患疾苦，说不尽的怨天尤人。当然，他们有他们的深刻，但我不喜欢。我不喜欢唱老歌、说旧事，我不喜欢絮叨，因此总是回避老年人的派对。因为那些逝去的岁月夺走了我宝贵的青春，我厌恶那种夺去青春的暴虐，所以我不怀旧。

生命于人只有一次，我希望所有的人都珍爱生命，珍爱我们的每一天，每一时，每一刻。我要用我的文字温暖他们，也温暖自己。这就是我的"反季节写作"。亲爱的朋友们，请宽容我，请允许我，我一生写过许多沉重的文字，现在写给你们的是一些轻松的文字，春天的花，秋天的月，夏天的雨，冬天的雪，这都我所喜爱的，我也把这喜爱转赠给你们。

秀芹在编我的一本散文集时请教过洪子诚先生。洪先生对她说了如下一段话："谢老师的文章大多质量都很平均，选择有时候有点为难。总的说，能增加一点'沉重'东西较好；因为他不仅是林语堂，也还可能是鲁迅；虽然他自己在极力向林语堂转化。"（语见高秀芹为《咖啡或者茶》所作的序文）秀芹在行文中还加上她认为的"梁实秋化"等等。此刻，我要展现的不是鲁迅，也不是梁实秋，也许是林语堂，或者竟是徐志摩了。一笑！

谢　冕

2013年4月17日于昌平北七家村

花朝月夕

辑一　故园梦忆

消失的故乡

　　这座曾经长满古榕的城市是我的出生地，我在那里度过难忘的童年和少年的时光。可是如今，我却在日夜思念的家乡迷了路：它变得让我辨认不出来了。通常，人们在说"认不出"某地时，总暗含着"变化真大"的那份欢喜，我不是，我只是失望和遗憾。

　　我认不出我所熟悉的城市了，不是因为那里盖起了许多过去没有的大楼，也不是那里出现了什么新鲜和豪华，而是，而是，我昔时熟悉并引为骄傲的东西已经消失。

　　我家后面那一片梅林消失了，那迎着南国凛冽的风霜绽放的梅花消失了。那里变成了嘈杂的市集和杂沓的民居。我在由童年走向青年的熟悉小径上迷了路。我没有喜悦，也不是悲哀，我似是随着年华的失去而一起失去了什么。

　　为了不迷路．那天我特意约请了一位年轻的朋友陪我走。那里有梦中时常出现的三口并排的水井，母亲总在井台边上忙碌，她洗菜或洗衣的手总是在冬天的水里冻得通红。

井台上边，几棵茂密的龙眼树，春天总开着米粒般的小花，树下总卧着农家的水牛。水牛的反刍描写着漫长中午的寂静。

那里蜿蜒着长满水草的河渠，有一片碧绿的稻田。我们家坐落在一片乡村景色中，而这里又是城市，而且是一座弥漫着欧陆风情的中国海滨城市。转过龙眼树，便是一条由西式楼房组成的街巷，紫红色的三角梅从院落的墙上垂挂下来。再往前行，是一座遍植高大柠檬桉的山坡，我穿行在遮蔽了天空和阳光的树荫下，透过林间迷蒙的雾气望去，那影影绰绰的院落内植满了鲜花。

那里有一座教堂，有绘着宗教故事的彩色窗棂，窗内传出圣洁的音乐。这一切，如今只在我的想象中活着，与我同行的年轻同伴全然不知。失去了的一切，只属于我，而我，又似是只拥有一个依稀的梦。

我依然顽强地寻找。我记得这鲜花和丛林之中有一条路，从仓前山通往闽江边那条由数百级石阶组成的下山坡道。我记得在斜坡的高处，我可以望见闽江的帆影，以及远处传来的轮渡起航的汽笛声。那年北上求学，有人就在那渡口送我，那一声汽笛至今尚在耳畔响着，悠长而缠绵，不知是惆怅还是伤感。可是，可是，我再也找不到那通往江边的路、石阶和汽笛的声音了！

　　这城市被闽江所切割，闽江流过城市的中心。闽都古城的三坊七巷弥漫着浓郁的传统气氛，那里诞生过林则徐和严复，也诞生过林琴南和谢冰心。在遍植古榕的街巷深处，埋藏着飘着书香墨韵的深宅大院。而在城市的另一边，闽江深情地拍打着南台岛，那是一座放大了的鼓浪屿，那里荡漾着内地罕见的异域情调。那里有伴我度过童年的并不幸福、却又深深萦念于怀想的、如今已经消失在苍茫风烟中的家。

　　我的家乡是开放的沿海名城，也是重要的港口之一。基督教文化曾以新潮的姿态加入并融进原有的佛、儒文化传统中，经历近百年的共生并存，造成了这城市有异于内地的文化形态，也构造了我童年的梦境。然而，那梦境消失在另一种文化改造中。人们按照习惯，清除花园和草坪，用水泥封糊了过去种植花卉和街树的地面。把所有的西式建筑物加以千篇一律的改装，草坪和树林腾出的地方，耸起了那些刻板的房屋。人们以自己的方式改变他们所不适应的文化形态，留给我此刻面对的无边的消失。

　　我在我熟悉的故乡迷了路，我迷失了我早年的梦幻，包括我至亲至爱的故乡。我拥有的怅惘和哀伤是说不清的。

我的梦幻年代

　　那里有一座钟楼，钟定时敲响。那声音是温馨的、安详的，既抚慰我们，又召唤我们。不高的钟楼在那时的我看来，却是无比的巍峨。那感觉就像是50年后我在泰晤士河上看伦敦的"大笨钟"一样。

　　那里还有一座教堂。镂花的玻璃折射着从窗外透进来的亚热带的阳光，那阳光也幻成了七彩的虹霓。那教堂是我既疏远又亲近的地方。那时我理智上并不喜欢这教堂，因为我不信神——到现在也不信。但是我内心却倾向了那种庄严、静谧，而且近于神秘的气氛。学校是教会办的，作为学生，无法拒绝学校规定的一些内容，例如我非常犯怵的"做礼拜"。我就是在这样"不情愿"的状态下，接近了英国式的学校和学校里的一切秩序。

　　这心情直到晚近，才有了一些改变。那年我从伦敦来到剑桥，从一块草坪上眺望那里的三一学院。我仿佛是见到了相隔万里之遥，而且又是阔别了半个世纪的福州母校！人们在拥有的时候往往不知珍惜，犹如人们常轻忽难得的相聚；而当别离成为事实，便有异常的惆怅，甚而悔咎，为自己当日的不知珍惜。那年我在徐志摩曾经美丽地吟咏过的、他所钟情的"康桥"，浮起的便是这种往事不再的怅惘。

然而，当年我在福州，毕竟是太年轻了，总觉那当日的拥有便是长久，甚至永恒，没有如今追念往昔的这种沧桑之感。人本不应该嘲笑自己的童年，但的确，实在的，我的童年是多么可笑和无知！至少是此刻，我想起当年，想起那钟楼悠扬的钟声，那催人勤勉、催人上进、催人自强的钟声，不论晨昏，不论风雨，岁岁年年，及时而守恒，本身就是一种恒久的感人的精神！而我却不知珍爱。如今，这一切变得多么遥远，它正沉入了苍茫的梦境之中。我想从梦的深处把它追回，然而不能。

还有，还有，那座闪烁着梦幻般光华的、当年我并不喜欢的教堂。教堂里的风琴，圣洁的乐音，凛冽的寒气里温暖的平安夜，那是一种庄严的新生的通知。曾有几次，我重返校园，我寻找我梦境般的教堂，寻找风琴和平安夜，寻找七彩玻璃幻出的奇光，我失望，我什么也不曾找到。梦是不可重复的，丢失了的梦境已融进丢失的时间，又到哪里去寻找它呢？

　　20世纪40年代的青年人，一般都倾向激进，我尤其是，因为那时我非常贫穷。别人享有的童稚的欢乐，我没有。战争带来了父亲的失业和家庭的离散，朝不虑夕的生活对于我的童年，是一场望不到头的苦难。战乱和动荡，饿殍和伤残，贫穷给我的是早熟的忧患。我的心很自然地接近了社会的底层，同情弱者，悲悯挣扎在死亡线上的众生。我于是在黑夜呼唤黎明，其实我并不真知我呼唤的是什么；在孤独中我反抗黑暗，其实我也并不理解我反抗的内涵。

　　我因反抗现实而拒绝宗教，而宗教却以它的无形走进了我的内心。如今，我还记得当年要求背诵的一段《圣经》："上帝爱世人，甚至将他的独生子赐给他们，叫信他的人，不致灭亡，反得永生。"数十年后，我依然记得这些词语，虽然我已忘了它是福音书的哪一章或哪一节。

　　那时我做着文学梦。我发现文学这东西很奇妙，它能够装容我们所感、所思，不论是爱，不论是恨，不论是失望，还是憧憬。我心中有的，在孤寂之中无从倾诉的，文学如多情的朋友，能够倾诉并给我抚慰。我的人生遗憾，我对社会不公的愤激，我对真理和正义的祈求，我都借助那幼稚的笔端让其自由地流淌。现实生活的缺陷，我从文学中得到补偿，文学启发我的想象力和生活的信念。

　　大概是初中三年级的时候，我把一篇得到老师好评的作文（这位老师也许现在正微笑着阅读我的这篇回忆的文章，他毕业于那时的南京中央大学国文系，也是三一学校的校友，他是我的文学启蒙老师。我的这篇文章是献给母校的，也是献给他的），偷偷地寄给在福州出版的《中央日报》，文章被加上了花边，发表了。这个开端鼓舞了我，却也"危害"了我。

　　从那时起，我迷恋上了文学。为这种迷恋，我付出了代价。也就是从那时起，我便偏离了作为知识基础的中学课程，偏离了学业的全面发展。我在课堂上写诗，而此时也许是在讲物理，也许是在讲化学。我既不喜欢物理，也不喜欢化学，我只迷恋这文学、这诗。我的这个母校，那时拥有许多从优秀的大学培养出来的第一流的教师，这些教师到了20世纪50年代，都先后到高等学校任教。这个学校也有第一流的学生。英国式的淘汰制度，使学生对学业不敢有丝毫的怠惰。从这里走出了摘取数学王冠的人，他是世界性的数学大师，而我作为他的同学（我们相差一个年级，他初二，我初三），数学实际水平仅仅是小学三年级！

　　这个学校是英国人办的，延续了正统的英国教育方式。英文在这里几乎是第一语言，它在教学中的分量甚至超过了作为母语的中文（这当然是畸形的，我没有赞成之意）。我们用的英文文法课本，也正是英国中学的课本，其中找不到一个汉字。从英语会话，英语练写，到英文作文，都有专门的课时和教师，有着全面而严格的要求和训练。可是，我如同"反抗"教会那样，也"反抗"了英语！这种反抗的结果，当然是我失去了掌握英语的非常可贵的机会。我相信在现今的中国，无论是什么城市，能够拥有这样优越的英语师资和教学条件的中学——如我的三一母校的——是找不到了，而我却轻易地放弃了它！

直到现在，我旅行在世界别的地方，我还是凭借着当年母校老师教给我，而又被我"拒绝"之后"幸存"的这几个单词和那几个残句。不然的话，在那些让人眼花缭乱的航空港，或是在乱花迷眼的异乡街头，我就真的成了聋哑人。人的一生有很多遗憾，我的诸多遗憾之中就有如上叙述的这些内容：因为兴趣而偏离学业的基础——小学三年级的数学水平和"拒绝"英语！我不想嘲笑自己少年时代的幼稚，然而，我的确为自己的无知和轻率羞愧至今。

现在我自己也变成了老师，我多次把这些遗憾真诚地告诉我的学生。我从自己的痛苦体验出发，告诉他们不要幼稚地"拒绝"自己的不知或未知。例如不要在繁重的功课中

"拒绝"学校规定的第一外语和第二外语。我的学生大都是学文学的，我还告诉他们当老师开列一串长长的书单时，不要轻率地"拒绝"阅读，那个书单背后的道理很多是你当时并不了解，而确实是经验和智慧的凝聚。你的拒绝便意味着失去。

我的母校坐落在闽江蜿蜒流过、充满欧陆风情的南台岛。三角梅攀援的院落时闻钢琴的叮咚声。芳草如茵的跑马场，是少年嬉戏的场所，那里有秀丽的柠檬桉挺立于清澈的溪边。后来，这一切都连同岁月的流逝而消失了。唯有校园里夹岸的樟树依旧翠绿。那林荫尽头依然站立着当年的钟楼，钟声依旧，如同往昔那样，提醒人们珍惜那易于消失的一切。

那树下曾经匆匆走过一位苦闷而早熟的少年人，如今他走向了遥远的地方，而把他的感激（为这座校园的美丽和温馨）和遗憾（为自己的幼稚和无知）的心，永远地留在了这里。

1996年7月31日
大雨之中匆匆于北大畅春园

追忆少年时光

——兼以此文遥祝李兆雄老师八十华诞

现在回想起来，那时仿佛有一块奇大无比的黑布，笼罩着我全部幼年时代的天空。我有眼睛，但看不到光亮。一切都是黑暗，没有太阳，没有月亮，也没有鲜花和云彩。我那时已经懂事，也有了属于自己的记忆，但一切记忆似乎都是黯淡的。父亲失业了，大哥也没有工作。多子女的家庭，我们没有收入，只能靠典当过日子。可是，一个贫穷的市民家庭，能够典当的又能有些什么呢！我记得，那苦难是无边无际的，今天过了不知有明天，饥饿和贫穷是我的幼年生活的全部。

我只是愁苦地走着我的路，路是艰难的，布满了荆棘。黑暗在弥漫，那块黑布遮住了一切，不知道前面是什么，我对生命感到恐惧。恐惧伴随着我的全部幼年时光。我诞生在20世纪30年代初期，我生下来的时候，世界还是太平的。但战争的阴云，已凝结在遥远的天边。我仿佛是为了迎接苦难而诞生。在应当是无忧无虑的童年开始的时候，我的充满忧患的记忆也开始了。

那时的中国没有一块平静的国土。位于东海之滨的我的家乡，也同样地不平静。20世纪30年代中期，正是我应当上小学的时候，可是我找不到一所可以平静读完小学的学校。从淞沪方面撤退下来的伤兵，破旧的兵车，接连不断的空袭警报，让我们感到了无边的惊恐。战乱的年代开始了，我们的生活仿佛是惊涛骇浪中的一叶扁舟，随时都潜藏着危机。

开始是在福州城里的一所小学，可是战争起来了，我们感到城里不安全，便迁居到了南台。当时号称"乡下"的新的居所，同样摆脱不了日益逼近的战争的阴影。独青小学、梅坞小学、麦园小学、仓山中心小学……我走马灯似的换了一个学校又一个学校。敌人的飞机轰炸到哪里，我们就搬一次家，我也就随着换一个学校。成年人深切感到的动乱流离之苦，我以小小的年龄同样地尝够了。

后来我们在仓山区的程埔头住了下来。经历了几番周折，我终于在这里结束了"漫长"的小学课程。仓山中心小学是我永难忘怀的母校，不仅是因为我在这里得到了完好的教育，而且是因为我在这里认识了我终生不忘的启蒙老师——李兆雄先生。在我的一生中，除了父母的教育之外，我得到过许多人在道德和学识方面的教益和恩惠，但李先生是第一人。

战乱时代的生活是悲哀的。颠沛流离再加上朝不虑夕，饥饿和贫穷，是我人生初始的基本内容。但因为有了仓山中心小学，还有李兆雄先生，使我灰色无望的人生顿然出现了一抹生动的颜色。我依稀记得，李先生除了教我们语文之外，还教我们唱歌和游艺。他使我感到，生活中除了艰难和凄苦之外，还有希望和温暖。李先生那时还没有成家，他全身心地投入到教育我们的工作中，教我们识字，教我们辨认曲谱、唱歌和演讲，还带领我们去远足。他给我们原先非常单调无趣的生活带来了笑声和歌声。

我幼年时节不甚活泼，只是喜欢读书，对歌舞演剧等事都缺少悟性和兴趣。但不知什么原因，那一年圣诞节，李先生却让我参加了基层教会组织的平安夜的演出活动。在一所教堂里，我们排练了一个简单的歌剧，那节目的名字我至今还记得，叫做《钟声响了》，大概是报告基督诞生的喜讯，敲响了午夜的钟声的意思。李先生为了纪念这次演出，送给参加演出的每一个人一张演出的剧照。这张照片经历了六十余年的风雨和烽烟，从家乡到海岛，从南方到北方，如今还被我珍藏在身边。它保留了我的童年的形象。

也就是从那次活动开始，我知道李先生除了是一位敬业的老师，还是一位虔诚的基督徒。我的父母是信佛的，我对基督教并不了解。但因为李先生的影响，终于对这个来自西方的陌生的宗教精神有了一些认识，最突出的一个感受，那就是这里充满了友爱和同情心。李先生以他博大的爱心，温暖了和抚慰了我的那颗本不应却依然受到伤害的幼小的心灵。就这样，在动荡的和求救无望的年代，因为身边有了亲切而友爱的师友，我的生活终于掀开了黑暗天空的一角，望见了天外的光亮。当然，我并没有宗教意识，我最终也没有信任何的宗教，但我信人间的一切爱心。那是李兆雄先生给予我的。

我的苦难的生命经历没有结束。小学毕业了要上中学了，可是我仍然找不到出路。此时已是20世纪40年代，一个战争结束了，另一个战争接着打。我的所有的日子都弥漫着瓦砾和硝烟。濒临绝路的家庭，没有任何可能为我提供足够的中学学费。但如同当年绝望之中发现希望一样，命运并没有最后拒绝我。那年我考上了英国人办的三一中学（Trinity College of Foochow），这是一所教会学校。英国式的教育使这里充满了贵族色彩，除了良好的师资、严格的校规，学费的昂贵是一大特色。仰望着那里华贵的教堂和高耸的钟楼，我又一次感到了绝望。

博大而慈爱的李先生再一次出现在我的绝境里。他通过自己在三一学校担任校董的长兄的推荐和介绍，破例给予我这个各方面都非常一般的学生以减免部分学费的优惠待遇。如此一直延续到我离开三一中学为止。20世纪40年代战争结束之前的中国，那时的可悲情景国人都不陌生。我只说一个事实就可知那时的艰难，我们中学生交学费用的不是钞票而是成袋的大米！试想，以我那个没有任何收入的家庭，到哪里去找这些金钱都换不来的大米呢！由此可知，要是没有李先生的力荐，我这个贫穷家庭的孩子，完全不可能跨入中学的门槛并受到良好的教育。

从我初识世事的童年，到我饱尝人生忧患的青年时代，李兆雄先生一直是指引我从黑暗望见光明、并让我相信世上尚有光明的一盏灯。我庆幸，我的幼小无靠的生命中，因为有了这位始终在我陷于绝境时出现并向我伸出救援之手的神遣的使者，使我能够有生存和奋斗下去的勇气。我始终怀着感激的心情回想童年，回想苦难，回想那始终悬挂在我的生命上空的那盏灯。

2002年2月18日（阴历壬午年正月初七）
于北京大学中文系

太姥山志

　　天下奇山水我走过不少，大都因为它们独特的景观而令人历久不忘：黄山以松，济南以泉，杭州以湖，苏州以园，桂林以碧簪罗带，峨嵋以金顶佛光。也许因为是闽人吧，每以家乡的武夷、太姥两山而夸示于人：武夷碧水丹崖，九曲柔肠，世所称绝；太姥耸峙海东，山石多姿，风流灵秀，尤见绮丽。此二山，与浙东之雁荡相呼应，遂成鼎足之势。国之东南，山水形胜，这些，应该是此中翘楚了。

　　记得那年，应闽东主人之邀，京中诸友联袂南行。访三沙港，游三都澳，在霞浦饱览畲乡风情，最后登上了太姥山。太姥我是第一次登临，但我对它并不陌生，说起来却是有一段久远的因缘。记得早年——大约距今有六七十年了吧——我家中存有一本《太姥山志》（？）。据说是我的父亲或是我的兄辈游过太姥，从寺庙的僧人那里买来的。这本《太姥山志》系手抄本，宣纸书写，字迹娟秀，竖行，有注，每一景点单独列行，极为珍贵。可惜时代惨烈，战火连绵，人命尚不保，何况这一本山志？它当然是消失在风烟之中了。我怀念这一本当年似懂非懂的书，它的命运至今还让我扼腕！

太姥山历史悠久，历来有很多传说。山名太姥，民间流传说，汉代有一老母修炼于山中，得仙人指点，于阴历七月七日在此升天。又载容成子也曾修炼于此山，后来移往崆峒。汉武帝的时候，这山就很有名气，被列为三十六名山之首。所以这里寺庙甚多，而大盛于唐。开始是道教圣地，唐玄宗敕建国兴寺后，陆续修庙甚多，遂成东南一带的佛教中心。太姥山的寺庙引来了诸多文人学者，朱熹曾在此注释《中庸》。

太姥耸立于台湾海峡的北端，面对着东海的万顷碧波。作为一个旅游胜地，太姥山的好处是山海相连，水天一色。山紧贴着海，海依傍着山。在山巅可以观海，在海滨可以看山。游太姥可观云海，可瞰日出，山岳逶迤向着海洋，那里的沙滩和帆影又增添了山景的妩媚。太姥的潮音洞可谓山海结合的一个杰作，洞立于水中，潮水穿洞而过，飞玉溅雪，声如雷鸣，动人心魄。太姥山并不高，路亦不见险峭，倒是这山海穿插的奇观，使它名扬遐迩。唐薛令之的"东瓯溟漠外，南岳渺茫间"（《太姥山》），明陈五昌的"云横翠壁来天际，日照红涛出海东"（《御风桥》）。"溟漠"也好，"渺茫"也好，都写的是那山海交映的惊人之美，更不用说"红涛出海东"这一直抒海天景色的笔墨了。

若是说，游黄果树为看瀑，游张家界为看峰，游泰山为看"文化"，那么，我认定，游太姥是为了看那千姿百态的岩石。太姥的石峰、石柱、石洞是太迷人了，我到一地看山看海，多半不听那些导游状物编故事的讲解。那些讲解浅一些说是"强加"，深一些说是"误导"。他们的解释引导人们放弃主动的再创造式的欣赏，而被动地接受那种层次不高的"某某像某物"的形似的喻指。但到了太姥，这想法却有了改变。金龟爬壁、金猴照镜、金猫扑鼠、金鸡报晓，那比喻惟妙惟肖，大都形神具备。有的景静若处子，有的景动若脱兔，你不能不在那"逼真"上叹为观止。至于九鲤朝天，仙人锯板、十八罗汉诸景，都是大场面，大手笔，竟是鬼斧神工奏出的大乐章。

说到大山奇石，我在雁荡山看过一座男女相依的情人峰，他们是站立着拥抱的，不离不弃，极为缠绵。现在太姥山看到了另一对"男女"，他们同样地温柔亲爱，但他们这次是"坐拥"，仿佛就此可到天明，又仿佛就此可至永久。这是太姥山在为普天下的有情人祝福。

　　游太姥已经多年过去，现在回忆起来，依稀尚是当年景象。可是，斗换星移，人事已非，那些昔日同游的友朋，却已星散天涯了。我一面在回忆当年的游踪，一面在想念当年的同游者。我的这篇文字，似是在还一笔文债。但更确切地说，是在怀念那本散失在战烟中的《太姥山志》，怀念那些在艰难年月中散失了的一切。

2004年6月13日
于北京昌平北七家村

寻找外公的家园

农夫啊，你们要惭愧；修理葡萄园的啊，你们要哀号；因为大麦小麦与田间的庄稼都灭绝了。葡萄树枯干，无花果树衰残，石榴树，棕树，苹果树，连田野一切的树木也都枯干，众人的喜乐尽都消火。（《旧约·约珥书》）

一

总觉得前方应当有一道江，总觉得听得见那江水拍岸的声音，不远，也不近，不宏大，也不微弱。南国的江总是那么清丽，有点文雅，有点温柔，似乎还有点羞怯，总是那么梦幻般地静静地流淌着，在不远的远方，在不近的近处。那时我年小，我望不见那江，只是一种感觉，感觉它就在那前方，在前方静静地梦一般地流淌。

闽江在这里好像是打了一个弯，分出了许多水溪流经这里的大地。这里原是个河网地带，那水像毛细血管似的渗着这里的田园。我记得那里的树木遮蔽了天空，高大的白玉兰，树身有几丈高，开着白色的清雅的花，还有同样高大的芒果和柚子，那枝叶都散发着芬芳。这里是花的王国，珠兰、含笑和茉莉，还有向着远处的橄榄和柑橘，青青的竹子和碧绿的芭蕉，把田园铺成了一片锦绣。

河汊在这里纵横，那水是清澈的，水草静静地在下面摇曳着。阳光从高处雨点般地洒下来，阳光似乎很吝啬，又似乎很顽强，它冲破那密不透风的树丛的末梢，从那高处径直地往下穿越。亚热带的阳光在这里洒成了一片动人的花雨。这里似乎整天都飘着雾，连花香，连阳光和月色，都带着浓浓的水汽，那空气是润润的、湿湿的、滑滑的，如同漂亮女人的肌肤。

这里很像是一个深潭，水从外面流进来，在这里汇聚，映衬着这里的波光云影，还有漫天飞洒的太阳雨。因为少阳光，那清澈的水有点发暗，闪着幽幽的光，似黑，又似蓝，是那种灰白色的光。河网在这里汇聚并扩张开来，容纳着深潭、小溪、花木、河岸和水草。这里以这个方圆并不大的水潭为中心，形成了一个相对独立的风景，我们都叫它"三脚桶"。

从童年到现在，我只记得"三脚桶"这地名。这名字对于我是那样的亲切，如同一个亲人。我在想，一定是人们觉得那水潭如一只装水的大木桶，一定是那引水进来的通道是三道小溪，这一定是富有人情味的乡人给这可爱地方的昵称。"三脚桶"是人们给这河网地带的一个亲切的小名，如同人们通常给自己的孩子起小名一样。

二

"三脚桶"是我的外公的家。不，应该说，我外公的家那边有一只我们都喜欢的"三脚桶"。平时我们住在城里，平时我们很少到外公那里去。我们认识"三脚桶"是因为离乱。大概是20世纪30年代后期吧，日本军队逼近了福州，沿海一带经常受到骚扰。福州城里是很不安全了，我们是"跑反"（福州人把逃难叫"跑反"）到外公那里去的。那时我不过五六岁，不知道什么是灾难。"跑反"却意外地给童年生活带来了欢乐。

学是不用上了，也不用做功课。"三脚桶"成了我们的朋友。我们几乎整天都泡在那河边，垒堰拦水，捉小鱼小虾，或是沿河岸从洞里掏螃蟹，或是干脆打起了水战。夏天日长，我们乐此不疲，直至月亮升上了树梢，直至萤火虫在草丛漫飞。这才一身泥垢恋恋不舍地回家。

"跑反"的日子，在大人们那里是忧心忡忡，而在我们——我和弟弟，以及新结识的乡间的小朋友们——却是其乐无比。从此，"三脚桶"就成了童年记忆中永存不忘的一页。这一页是那样地鲜明，甚至是那样地神奇，它给我长久的想念，它进入我的生命，它成为我永远的心灵家园。那些年战乱频仍，我们不断地搬家，我也不断地转学，那些走马灯似的住处和学校，都记忆模糊了，唯独"三脚桶"例外，我忘不了它！

"三脚桶"是我生命的一部分，甚至是最重要的那一部分。很奇怪，在我往后的日子里，它不再是童年的嬉戏之所，它潺潺流水的声音，它四围的鸟鸣和蝉噪；它的近处和远处无所不在的、浅淡的、浓郁的让人心醉的花香；还有那明的和暗的，深的和浅的颜色，绿的、蓝的、灰的、黑的，发光，闪亮，这一切，构成了一个永恒的世界，它是我生命的梦！

在此后漫长的时间里，我一直在想着我的"三脚桶"，我怎么也不能忘记它。在我的生命中，它是一种境界，自然、美丽、多彩、生动、充满生命的活力的境界。它不再仅仅是我的忆念，它成了我的理想。当我思寻世界上最美好的事物时，我就想到"三脚桶"。世上有很多美好的东西，但只有"三脚桶"是第一！

三

动荡的生活一直延续着。外公很早就去世了，他的子女也已星散。我和"三脚桶"再也没有机会见面。但"三脚桶"一直在我心中，忘不了，也驱不走。直至今日，我的年龄比当年的外公还大了，我还是不忘当年的好朋友"三脚桶"。在生活中，"三脚桶"始终是美丽的梦。当我失意，当我寥落，当我苦痛，当我想望，"三脚桶"就神奇地出现。它始终听从我的召唤，因为它是我心灵的朋友。

但动荡的日子我无法寻找它。我只能在心中默默回想它的迷人的美丽。后来看到一部外国影片，记得名字好像是"南十字溪"。那故事我是忘了，可那景象却是十分鲜明：奔涌的流水，浓密的树林，浅滩，急流，飞溅的水花，当然也有鸟鸣和花香。"南十字溪"就是我的"三脚桶"。我在现实生活中失去的，在一个幻想的空间中得到了。但我还是想着、念着我外公的那个家园，我童年以迄于今的梦想。先是在梦中找"三脚桶"。梦中找不到，就用电影中的画面来代替。

最奇怪的，是在那个大动乱的年代，我有一段时间身陷囹圄，一个夜晚，又一个夜晚，我睁着双眼从黑夜到天亮。在万般无奈和痛苦中，是永远美丽动人的"三脚桶"前来安慰和拯救我。我当日因吟诵古人的"不眠忧战伐，无力正乾坤"而获罪，有着前所未有的忧愤。绝望时，眼前就出现"三脚桶"的花香和流水，长满青草的河岸，透过茂密树梢的太阳雨！我被这永远的美所感动，曾经中夜展纸，把"三脚桶"化成了我的诗篇。屈辱、哀痛、对于未来的绝望心情，顿时化为高尚、纯净、圣洁的世界。

"三脚桶"是我的希望、我的理想，更是我的生命的至美。

四

我一定要找到我的"三脚桶"。我要它回到我的生活中来，而不能只是在想象中、在梦里，或者是只是以"南十字溪"来替代的画面中。动荡的生活结束了，我回到家乡的机会多了，我有条件来实现我的愿望。可是，"三脚桶"毕竟是我童年的经历，距今少说也有六七十年的光景。外公不在了，母亲也不在了，所有能够唤起记忆的线索都断了。我只知道外公姓李，可他的名字呢？还有，"三脚桶"所在的确切地名也无从知晓，什么镇？什么乡？什么村？在福州的什么方位？但我还是要顽强地寻找。因为它是我的梦，不，是我的命！

那年在福州，袁和平见我心诚，下决心要帮我。我说那"三脚桶"有很多很多的花，有高大的白玉兰，有成片的珠兰和茉莉，那是一个漫野飘着花香的地方。袁和平一想，福州郊区花最多的地方就是建新公社，那是著名的花乡。驱车到了建新，那里是在卖花，有满地的榕树盆景要出售。完全不对，连一点痕迹都没有！这不是我外公的家。为了安慰我，我们顺道看了位于洪山桥边的金山寺。我寻找"三脚桶"的努力失败了，留下的是我对袁和平永远的怀念。

不找到"三脚桶"我不甘心。事情到了去年，又有一位好心的朋友陈明亮帮我。出发之前，鬼遣神差，我突然冒出一个地名——"郭宅"。陈明亮一听："郭宅我知道，我在那里玩过。"郭宅距福州城区约二十里，原先是闽侯县的一个乡。从地图上看，正是闽江南行和乌龙江交汇的河网地区。我为什么会突然间想起这个地名？那是一种"神启"，也许是一种灵思。一定是母亲和外公冥冥之中在帮我！

五

车子过了白湖亭，走在通往闽江与乌龙江交汇的公路上。约十余里，只见陈明亮把车子往右一拐弯，车子驶进了一条狭窄的乡间小街。街两旁是一间挨一间的小店，一个简陋而又热闹的乡村集市。这情景唤起了我的记忆：是的，这是我曾经走过的路，通往外公家的路！不过，当年的那么一拐弯，眼前展开的是一片水田，碧绿的，闪光的，湿润的，飘着淡淡的稻花香的水田，是田间的石板路，两旁是一眼望不到边的稻田，不是商店，那时没有房屋。郭宅到了！也许"三脚桶"就在前面等我！

那天下着小雨，地上泥泞，我们行走在积水中。首先问的是，此地有没有姓李的人家，若有，那老房子是否还在？热心的乡人回答是肯定的。这里有十几家，前面上濂村还有十几家。那老屋附近就有一处，房主人姓李！我们来到跟前，屋子已经残破，正准备拆除，地上堆放着巨大的木柱。还是当年不加修饰的木结构，还是当年夯着黄土的地面，还是当年的高门槛。记得那时从后厢房出来，对于小小年纪的我，几个门槛的翻越显得十分困难。我认定这就是我住过的外公的家，从这里可以找到我亲爱的"三脚桶"。

　　这里有没有叫做"三脚桶"的地方？那"三脚桶"还在不在？又在哪里？我跟乡人描绘了童年印象中的情景，这情景在数十年的岁月中，已被我的心灵无数次地重复显示过。有几道溪水，有一个水流汇聚的"桶"，周围是茂密的树林，有很多很多的、让人心醉的花香！回答说，有！就在不远处，就在当年的村边。那是三汉浦！不过，现在已经没有了！

　　我这才知道，三汉浦和"三脚桶"原本是一个地方。"三脚桶"的正名应该是三汉浦。"三"是没有问题的，在福州方音中，"脚"和"汉"的韵母都是"a"，"ka"和"ca"是可以互混的，至于"浦"和"桶"，先前说了，"桶"是一种昵称——甚许竟是我的"创造"，因为我那时并不识字。

　　近乡情怯，经村民的指引，我们来到了三汉浦。他指着眼前的密密麻麻的简陋搭起的房屋，和几条由水泥砌成的流着断续污水的黑水沟说：这就是。这里原先有很多水，是从江那边进来的，那时河那边的船可以直接驶到三汉浦。这里是上洲，从上洲到下濂要淌水过三汉浦，水是清的，水底下是石板路。

六

但是，这哪里是我日思夜想的、亲爱的"三脚桶"啊！一棵树也没有，一朵花也没有，一片雾也没有，甚至一滴清水也不给我留下！还有，那湿湿的、润润的、弥漫着淡淡花香的空气呢，为什么也不给我留下？哪怕是留下一口！

我的那些伸向天空的遮蔽了阳光和月色的白玉兰呢，我的那些喜鹊停过、知了唱过、蝴蝶飞过、亚热带中午的阵雨冲洗过的芭蕉树、芒果树和橄榄树呢？为什么连一片叶子也不给我留下！我的小溪在哪里，我的河岸——那长满水草的、在水草深处有蟹洞的河岸又在哪里？为什么连一抔湿土、连一片草叶也不给我留下？

是谁在毁灭我外公的家园，是谁在毁灭我的"三脚桶"，是什么样的罪恶的手，伸向了我的梦、人间的至美？是谁砍伐了这里的灌木和乔木，砍伐了这里的果树和花树？是谁填堵了这里的溪流和河道，是谁如此忍心地摧毁这一切？这么多丑陋的、肮脏的屋顶和烟囱，这么多发出恶臭的黑烟和污水，还有这水泥砌成的臭水沟，是它代替了往日清澈的流水和迷人的花香！

是谁谋杀了我的"三脚桶"？我要到哪里去找这杀人的

凶手？

我没有想到，我用了毕生的精力和情感寻找的，却是这样的结果。我找到的，却是我永远失去的。我多么后悔这寻找。早知如此，我不如不找。我只把它留在我的心中，融在我的灵魂里，让它伴我终生，永远是，依旧是昔日模样。

然而，我的"三脚桶"是永远不存在了，它已从这地球上永远地消失了！永远，永远，不可复制，无法再生，只能是永远地寂灭。

七

三汊浦，这是我为你写的一篇祭文。

2005年2月23日

悲愤中，于京郊昌平北七家村

木兰溪缓缓流过兴化平原

从古闽都榕城向南，南台岛之南平铺着宁静的乌龙江。跨江继续南行，便进入了郭风先生的家乡。木兰溪缓缓流过兴化平原。这平原上水网密布，有一些丘陵，也有一些小山，但都不高，更谈不上峻险。木兰溪清亮地穿越这平原，蜿蜒地由西向东。过了涵江，江水便汇入兴化湾。沿着木兰溪的两岸，村落间都是典型的闽南民居，红墙，乌瓦，飞翘的屋檐，华丽的窗棂，映衬着浓密的荔枝树和龙眼树，早春时节，平原上飘浮着迷人的柚花的香气。

兴化平原的西边是仙游，东边是莆田。这地界闽人习惯叫莆仙地区。这里讲的不是福州话，也不是闽南话，而是独特的莆仙话。郭风先生就生长在这里，这肥沃秀美的土地养育了他的心智和才情。他就这样吹着家乡的叶笛从平原走出，走向更加广袤的土地。叶笛是郭风文字的象征，也是他贡献于中国文坛的珍贵的纪念。

潺潺的溪水，淡淡的花香，一年到头的翠绿的田野，化为了郭风清淡透明的文字。郭风从他的家乡独特的风情中获得了创作的灵感，并由此形成了独特的风格。他一生只写短文，只写篇幅不大的诗和童话，更专注于精短的散文诗的写作。郭风的文字清雅恬淡，少装饰而多蕴藉，一如他一贯低调的人生——他只是清清淡淡地过日子，不忘世事[①]，却与世无争。他谦称自己只是"普通的花"[②]。

在我的少年时代，就开始读郭风先生的童话和诗歌。他的作品中那些小鸟和小花美丽的幻想，小木偶天真的梦境，都滋润着我幼小的心灵。后来我开始学习写作，郭风是审读并发表我的习作的最早的编辑[③]——直至20世纪80年代我初次与他见面，才知道是他在默默地扶植着我这个从未谋面的小学生！

先生远去了，我永远失去了我最尊敬的老师，我的感激和怀念是永远的。

2010年2月14日（农历庚寅新正）

于北京

---

① 他在"文革"下放期间所写的《夜霜》《夜雁》《水磨房》等均有对时局的思考和关注。

② 郭风的散文集题名《你是普通的花》，人民文学出版社，1981年。

③ 1980年我与李陀、刘心武、孔捷生访问福建，时任福建作家协会主席的郭风先生亲自到义序机场迎接我们。见面谈起往事，1948年至1949年间我曾向《中央日报》（福州）、《福建时报》《星闽日报》等报刊投稿，记得郭风说过，他曾经签发过我的文字（当年我用的笔名是谢鱼梁）。

"闽都岁时记"小序

"闽都岁时记"文题仿《荆楚岁时记》，内容只是一些忆述福州民间节庆习俗的小散文。福州地区民间节庆活动，往往展现着丰富的乡俗文化。我的这些文字，既不是述史，也不是考证，只是儿时片段印象的回溯，不全面也不求准确。其中也许贯穿着一个人物，那就是我的母亲。我的节庆印象与母亲的操劳有关，母亲是所有节庆活动的组织者、指挥者和执行者。逢年过节，只有母亲是最忙。

在我的印象中，母亲一生的智慧和才华，除了应对和化解诸多生计的危机之外，更集中地体现在一年从春到冬的节庆活动之中。每当此时，母亲的毅力、魄力和创造性是那样的光艳照人！母亲出身于福州郊区农家，未上学，不识字，缠脚。她甚至没有自己的名字，户口本上的署名始终是"谢李氏"。但是她却把自己的五子一女送去上学，我们是诗书知礼人家。

闽都的节庆活动是最隆重的文化传承的仪式，它世代相传，不靠文字和言辞，单靠像我母亲这样普通人家的，甚至不识字的家庭主妇的身体力行。她们无言，却总是怀着对于文化和文明的敬畏之心，严格遵循祖先留下的规矩，不走样地、默默地，就把完整而丰富的中华文明绵延至今。所以我说：母亲伟大。

战乱、社会动荡以及愈演愈烈的"革命"，把有形的和无形的文化留存荡涤殆尽。自从母亲那一代人过去之后，关于传统节庆的实际操作（包括仪式）陷于停顿，甚而断流。我们这一代人尚有依稀的记忆，而我们之后呢，却是没有记忆的一代人。思及此，不禁黯然。

"闽都岁时记"是我拟写的系列散文。从除夕写起，元宵、清明、端午、中秋……想到就写，都是记忆的碎片。在现时，即使碎片，也是瓦砾堆中的寻觅。

2012年2月29日（壬辰二月初八）
于北京昌平北七家村

除夕的太平宴

——闽都岁时记（一）

　　进入腊月，母亲就开始忙碌。她默默地筹划着，一切是紧张而有序地进行着。先做什么，后做什么，止于何处，如何收尾，母亲胸有成竹。在腊月，母亲是战士，也是指挥员（其实她能够指挥的"兵"实在有限），但更多的是亲自冲锋陷阵的战士。闽地历来重视春节，腊月的"战斗"是为了迎接春节。

　　腊月的第一大事是除尘。这有实际和实用的意义，更有文化象征的意义。堆积了一年的杂物清理过后，就开始大扫除。母亲从乡下人（福州人对来自郊区农民的统称）那里买来青青翠翠的细竹枝，按照习俗用大红纸捆绑竹子的根端，扎成一把大扫帚，这就是除尘的主要工具了。母亲就飞舞着这充满喜气的红绿相间的除尘掸子工作。她用布巾罩住她美丽的发髻，把楼檐屋角的灰尘来了个彻底大清扫。

　　除尘而后，开始擦地板。在迎春的所有活动中，擦地板的活最重。当年福州城乡的房舍，基本都是木结构，家家铺的都是不上油的原木长条板。所谓擦地板，就是以人工清除地板上一年的积垢。清垢的办法是用细沙沾水用力反复搓。做这活时母亲双膝跪地，用抹布和水，和沙奋力搓擦。楼上、楼下、楼梯、临街的游廊，凡是有木板的地方，都不能遗漏。擦过，再用清水漂洗、搓干，这才安妥。

记忆中做这些事时，母亲是非常地劳累，却也是非常地美丽。她原是农家女，劳动是熟稔的。嫁到了城里，她也习惯了城里的习俗。扫除了，清洗了，接下来是细致一些的劳作，那就是给所有的铜器除垢。香炉、烛台、抽屉和门上的铜锁，凡是铜质器皿、物件，一处都不能漏。这些事，母亲多半派我们做，一家姐弟在一起劳作，一起说说笑笑，也有一番乐趣。铜器除垢也有土办法，用香灰搅拌食用醋，先用湿布擦，后用干布，三遍就明光雪亮。

年前的卫生工作结束了，此时满屋生辉，大家都喜乐。母亲没有停歇，她开始有条不紊地，也是不紧不慢地购办年货。福州当年的习惯，过年的吃食基本都是自家做：年糕（一种香叶蒸的红糖年糕）、"肉丸"（一种芋头丝加肥肉丁和香料蒸的甜年糕）、"斋"（一种糯米制作的、带馅加清香竹叶蒸制的米粿）……一切原料都是现采购，原料买来了，全靠手工浸泡、磨浆、揉、搓、捏、包裹，而后上笼屉蒸。从备料到成品，其间工序复杂，尽管也是忙成一团，却也是欢欢喜喜的。这时节，当灶屋升腾起蒸腾的热气，我们已经欣喜地觉察到节日是临近了！

这些艰苦却也是快乐的劳作，还不包括那些腌的、卤的、糟的、炸的、煮的，各种门类，分门别类制作。每一件事，都有它的要求，也都不简单。这一切，都要在腊月的中旬完成。这些琐琐碎碎，几乎无一例外地也都是母亲一人在做。腊月尽头就过年了，过年是享受，不做事的，母亲要赶在年节到来之前，将一切都准备好，为的是让我们省心地玩，为了贺节，为了团聚，更为了欢乐。

腊月二十四日是民间说的"小年"，灶公的生日，俗称"祭灶"。祭灶是年节的序曲，更像是一部抒情的欢乐交响曲的第一乐章。在我们家，祭灶的第一步是重新布置、修整灶公的神龛。用了一年的神龛，有些陈旧了，每年祭灶前都要裱褙一新。神龛的装饰主要由剪纸构成，底色是白色，剪纸是红色的，有神像，有对联，有花边。对联是草书体，祖上传下来的，不知出自哪位先人的手书，运笔飞动遒劲。每年都剪，用后留模本，隔年再用。那时年幼，但记得七言上联的末尾有"鼎鼐"二字。那时是不知解，也不求解。

祭灶日我们按规矩烧香、上供、叩拜。跪拜以后就有盼了一年的快乐：吃上供的灶糖、灶饼，以及种类繁多的干鲜果。灶糖、灶饼是福州民间糕点和糖果的小小总汇，平时我们享用的只是个别的品类，如今是一拢儿涌向面前：核桃云片糕、猪油糕、糖耳朵、"鼠尾巴"、糖枣、花生酥、"红纸包"……平时牵挂的，垂涎的，如今全到了眼前，这是在梦中吗？祭灶更像是一年快乐期待的最初的兑现。

小年过后，母亲酝酿着除夕的冲刺——这是腊月最后的一场"战役"。年夜饭是一年所有节庆餐聚中最盛大、最隆重、也最"奢华"（视各自的家境而言）的，因为这是一年中全家人最珍惜的大团圆的宴集。为了筹划并推出这顿年夜饭，母亲依然独当一面，沉稳地、有条不紊地进行这场冲刺。从备料到制作，她把手泡在冰冷的水里，她来不及梳理那乱了的鬓角——母亲依然美丽地活跃在香气四溢的灶间，她变戏法似的从"魔箱"里变出了一桌丰盛的团圆饭。

正式宴会之前是敬奉神明和祖先。红烛烧起，香烟点起，挂鞭响起。跪拜过后，供桌前点燃了井字形搭起的干柴，我们点燃那干柴，熊熊烈火中，孩子们使劲地往火堆里撒盐！盐粒遇火，烈焰爆出清脆的噼啪声。据说是为了驱邪，我们更理解为欢乐地迎春！宴席是丰富的——即使是艰难岁月，像我们这样并不殷实的清贫人家，依然是异常地丰富。

这一场酒席，更像是闽菜精华的荟萃：红糟鲢鱼、糖醋排骨、槟榔芋烧番鸭、炒粉干、芋泥、什锦火锅，最后是一道象征吉祥的太平宴（福州方言称鸭蛋为"太平"，"宴"是燕皮包制的肉燕的谐音，这是一道汤菜，主料是整只的鸭蛋、肉燕外加粉丝、白菜等）。平日里省吃俭用——有时甚至陷于难以为继的困境的家庭，在年节到来的时候，一下子却变得这样的"奢侈"！当年年幼的我，嬉玩中也曾有对于家境的隐忧，但这一切都被母亲的"魔法"化解了。那一定是指挥若定的母亲平日节俭中的积攒。

伟大的母亲，她能在困苦中孕育幸福和欢乐，她为我们的欢乐化解了困顿，隐忍了痛苦。除夕的宴会是榕城岁时的一个高潮。母亲的辛苦至此也是一个短暂的放松。除夕的夜晚全家都是盛装出席，母亲也不例外，此时她虽人已中年，却是一副成熟的青春气象：一袭素净的旗袍，戴上耳环，发髻插上鲜花，头发依然乌黑而光可鉴人。只有此时，她才呼唤众人端菜上桌，招呼众人给父亲敬酒。她坐定她的座位，静静地分享着全家的欢乐。

2011年12月21日

于昌平北七家村

最是柳梢月圆时

——闽都岁时记（二）

在我的家乡榕城，腊月最忙碌、最紧张、最辛苦，也最快乐。腊月的每一天都是在辛苦中劳作，在劳作的欢乐中等待，等待可以是一种焦虑，却是可预期的幸福。这一切，都在除夕摇曳的烛光里，缭绕的香烟中，也在近处、远处、此起彼落爆竹声中，画上一个完美的句号。除夕夜民间有守岁的习俗，这春天到来的前夜，大家享受了家庭团聚的欢乐，是欢乐之后的休憩。为了迎接春天的欢乐，尽管人们经历了整个腊月的忙碌，依然让打盹的眼皮硬撑着：守岁！

此夜，大家相约不睡。特别是小孩子们，硬是比试着谁能坚持到最后。吃过团圆饭，不同年龄段的人各自寻找玩伴，寻找玩乐的去处。女眷们多是四人一组打起福州传统的"四色"（"四色"是一种纸牌，细长的窄条，由四种颜色构成，好像男人是不玩的），小有输赢，却是一种安谧、温柔、文雅的娱乐。男人们则是推牌九或打麻将，这些项目有点粗放，投放的银钱也多，不若"四色"那般雅致。孩子们多半选择在有些寒意的户外放鞭炮，无目的地追逐、撒欢，力竭始归。

除夕的团圆宴是一年中最盛大的家庭餐聚。除夕宴后，作为家庭主妇的母亲仍然忙碌。她要给小孩子们准备新年的衣着。富裕人家，新鞋、新衣、新帽，一切都是新的。而我们这样的清贫人家，却是难为了母亲，她总是东拼西凑，浆浆洗洗，居然给每个孩子弄出了"焕然一新"——母亲真是伟大的"魔术师"。接着，她要悄悄地给孩子们准备压岁钱，一份一份的用红纸包过、放妥。这些事做过，已是子夜时分，母亲又开始正月初一敬神敬祖的准备了。大家享受欢乐的时候，也是母亲辛劳的时候。

正月初一是被破晓的鞭炮吵醒的。此时天色微明，大家眯着惺忪的眼，强忍着倦意打开房门。南国有些轻寒的空气中飘浮着温暖的喜悦。拱手，叩首，一片"恭喜发财"的贺岁之声——新的一年就这样开始了。新年的第一件事就是给神明和祖宗上供，供桌围上红缎的桌裙，喜气洋洋。上供的礼仪是庄严而肃穆的，大人烧香，孩子跪拜。先天地，后祖宗。

往年，福州民间宗教比较开放，基督教因为五口通商开埠较早，当时已盛行，我们都不拒斥，颇有好感。在我们家，敬的神也杂，灶神、土地公、观音菩萨，都设有香炉。父亲则偏重于道，一尊吕祖瓷像是供在条案正中的，新年了，我们没忘了给吕祖上香。敬神之后是祭祖，我们家有一座神主龛，是家族传下来的，里面奉养的神主，都是逝去的先人。在幼时，我们从中受到了孝敬祖先和关于死亡的启蒙。

及今想来，整个的辞旧迎新的过程，通过那些严肃的、秩序的、愉悦而轻松的、有些近于繁琐的细节，传递给我们的，却是完整的中华文明的赓续和民间文化的传承这样一些庄严的信息。对于我们，当时是浑然不觉的，然而却是历久弥新的。细节就是程序，程序构成了记忆，革命以后，我们简化了，甚至消除了这些细节，使我们成为一个失去记忆的民族。

初一的中午，有一场别有新意的宴席，是全素餐。此时大家享用的，正是凌晨供神的祭品——是母亲在全家休憩的除夕夜一人操作的：带着红根的菠菜和油豆腐、红菇和白菜心、绿豆芽和山东粉、金针菜和香菇、黑木耳、冬笋、茭白、油面筋……母亲用这些原料变魔术般地做足了香气四溢的十道菜。整个腊月，吃够了鸡鸭鱼肉，这道全素席，的确是别开生面，精致而华美。数十年过去了，想起来依然唇齿留香！

初一是家庭、亲属内部的庆新活动，大家守在家里，闲话或打牌，女人们也有相拥做针线的，一般都不外出。初一以后，则是频繁的走动了。春节的假日是"不设限"的，一切全由民间自主，当年无人加以约定。吃、玩，再加上这种频繁的走访拜年，亲朋好友，平时少有来往，借这年节联络情感。这就是一种文化，文化是嵌在那些仪式和细节中的。我们往往因为它的"无意义"而轻忽了它，而我们所轻忽的恰恰是无可替代的"意义"。

玩着玩着就到了正月中旬，从腊月的紧张繁忙到如今，一个多月过去了。我们疯了般地玩上了瘾，这就该到了元宵节了。元宵是仅次于除夕的一个节庆，也恰是年节庆典的尾声，一个多月的闲散喧腾应该"收心"了。而中国传统的习俗却是越是该"收缩"就越是来一个再"放大"——要玩就玩个痛快。

榕城元宵节和别处一样要吃元宵，但我们的元宵却与别处不同，搓成圆圆的是一样的，糯米磨浆包馅也是一样的，不同的是馅，虽然有甜的，但主要的却是肉馅的，碎肉，加上海米、香菇之类的，黏黏的、糯糯的。汤却是什么都不加，清清的、滑滑的、爽爽的。吃过元宵，月亮升起来了，洒了满地的碎银。望那柳树梢头，一轮团团圆圆的元宵月！新年伊始，我们念想的、祈求的，就是这种清新、皎洁而透明的圆满！过去认为是迷信，现在审视，却是民间质朴的情感。

元宵是灯节，最难忘家家彩灯悬挂的时节。孩子们兴奋莫名，也是人人手举一灯，满街满巷地游走。福州的灯彩很有传统，工艺精细，造型佳好，兔子灯是举着的，鲜红的橘子灯、浅红的荷花灯，都是举着的，绵羊灯底下有木轮，我们拖着它跑动。最让人喜欢的是走马灯，透过薄薄的棉纸，映射出转动的人物故事。福州灯事最盛处是著名的南后街，沿街生长出著名的三坊七巷，元宵节当夜，南后街满街灯彩，飞光流影，极闽都一时之盛。

元宵节以柳梢的明月和人间的花灯宣告了春节花事的落幕。繁华而喧闹的春节过了，春天也来到了，此时南国的江城吹着暖暖的和风。风是从闽江的江流上吹来的，吹过那一片橄榄林和白玉兰的枝叶，橘子红过，茉莉香过，竹叶依然青青。闽江流过福州的城市和郊野，向着浩瀚的东海。岁岁年年，人们总是用这样的花灯和明月，用这样的心情和仪式，为家人祈愿，为万民祝福。

2011年12月31日

于昌平北七家村

时晴时雨是清明
——闽都岁时记（三）

　　清明时节多半有雨，天气也是乍暖还寒。福州俗话说"清明谷雨，寒死老鼠"，说的就是此种天气。清明时节天空飘飞的纷纷细雨，是南国旱季即将结束、雨季就要到临的初兆。记得当年我曾写过类似"初春毕竟还有轻寒"这样的句子，就是福州清明此时天气的形容。雨是时下时停，也有难得晴朗的时节，此时，在早春的阳光下，田野青翠，油菜花、紫云英、路边的野菊，都在次第绽开，仿佛是春天大合唱的序曲。

　　清明是纪念先人的节日，理应是有些沉重的，但在福州（也许新丧的家庭除外）往往觉察不到那种哀戚的氛围，清明并不总是让人"断魂"的日子。但看那些带着祭品匆匆赶路的行人，仿佛是在举行一次惬意的郊游——至少在当时年幼的我的心目中是这样——我私下里十分羡慕那些能够"惬意"地"郊游"的人们。

为了迎接清明节，母亲也有她"分内"的忙碌——在我的印象中除了日常居家的琐事——母亲一年到头总在为接连不断的节庆忙碌着——当然，较之其他节日，清明的隆重的级别要低一些。那时我们家事平泰，并无为先人祭扫的节目，但我们仍如所有人家一样，要认真地过清明节。在福州人的观念里，凡是节日都是应当尊重的。他们没有明说，但无言自明，这是祖宗留下的规矩，我如今体会到这是对于文化的坚守。

清明节的内容在我们家比较简单，就是全家一起吃一种自制的"清明粿"，家庭并没有其他的祭拜的节目。此时母亲的任务就是为我们制作这种专在清明食用的甜点，而恰恰就是这个，使清明节在我们的记忆中永存。

清明粿也是一种糯米制品，糯米加籼米混合磨浆，滤去水分，再从田间山崖采撷早春露芽的艾蒿榨汁，与磨就的米浆相糅合，这就是用来制作清明粿的碧色的外皮。母亲就用这取自嫩嫩的、翠翠的、散发着春野清香的艾蒿汁液染成的面皮包清明粿。粿馅也取自早春的田野，出土的白萝卜擦成丝，也去水，伴以红糖，这就是制作清明粿的萝卜丝馅。艾蒿的皮，萝卜的馅，包妥后衬上闽地特有的香叶（俗称粿箬的），上笼屉蒸。

喷喷香，<u>丝丝甜</u>，这是喜气洋洋的充盈着早春情调的食品。与其说这里有悼念先人的悲情，不如说这里充满了迎接春天的喜悦，这是人们在以独特的、怀念的方式"尝新"。清明是春天的节日。我们先民对于节庆的"设计"，总是有着这种诗意和浪漫。在闽都，即使是祭奠仪式，也总弥漫着这样的氛围。纪念先人，供奉神明，都是在为生者祝祷。它体现一种既敬鬼神，更重众生的积极的生死观。这也是闽都节庆中展现并启示于人的朴素的生命哲学。

在童年，我经历过一次充满民间色彩的、非常质朴的清明祭扫活动。清明当天，一位远房的姨姥带领我们出席了一个宗族的清明聚餐。聚餐的地点不是厅堂，也非宗庙，而是山间一座墓地。上供、点香、烧纸、跪拜，行礼如仪。祭奠只是仪式，而家族的餐聚才是目的。人们带上炊具，在山间升起野火，用带来的祭品就地烹制，而后大家在那墓场的平地上或蹲或坐地围成一圈一圈，享用着这别有风味的"清明宴"。

后来我得知，这聚餐的花销来自专为墓主置下的田产的田租。这是墓主或他们的后人为了纪念而购置的田产。族人公议以其每年的田租用来支付这一年一度的清明时节的用资。每年清明，凡是与墓主有点（亲疏不论）关系的家族成员都可以（不仅本人，且可携带他人）到这里来享用这有点浪漫情趣的盛大的郊野餐聚。这是一种独特的纪念，意味着生者对于死者的怀念和感激，更意味着生者承续先人家业的意愿。

我至今还记得当日在墓场聚餐的情景，早春的太阳暖洋洋地照着那经过清扫而显得整洁的墓地，太阳是明亮的，明亮得晃眼。人们尽情地在这里享受着眼前的欢乐，而把死亡的阴影和失去亲人的伤怀消融在现世的享受之中。

在闽都，从远古沿袭而来的节庆活动，在庄严肃穆的仪式的背后，都蕴含着这样积极的、达观的人生哲理，朴素，自然，坚定而无需言辞。而母亲，即使她不识字，却是以自己的行动信守和表达这种虔诚——即使是清明这样的专为纪念亡人而设的节日也不例外。

2012年2月28日
于昌平北七家村

香香的端午

——闽都岁时记（四）

端午是香香的，香飘万家。最初是菖蒲、艾蒿的香味，后来是雄黄酒，是年轻女性胸前、腋下的香囊，那香囊里充填着香香的沉香、木香、丁香碾成的粉末，再后来就是竹叶包裹的粽子，满街满巷飘浮着粽叶的清香。进入五月，这座城市的每个角落，都浮动着端午特有的香气，隐隐地、若有若无地散发在逐渐浓郁的节日气氛中。时序已是初夏，也许茉莉正在悄然开放，也许含笑正在蓓蕾，也许白玉兰正在高处的枝叶间发出诱人的暗香，但此刻充盈着这城市的，是端午特有的香气。这是让人着迷的香香的端午！

"端取乎正，午得其中"，除了香香的，端午也是端端的。这节日恰在一年的中间，元宵以后，中秋以前，这是这一时段最盛大的节日。古时民间庆典，大抵总与节候有关，端午时节，天气转热，百虫萌动，百毒衍生，蕴含在这个节日仪式背后的，也就是造成端午的香香的气味的，正是适应节候去瘟避邪的动机。端午到了，家家门楣插上红纸围束的艾蒿和菖蒲，说是门上悬剑，妖魔却步，实是借那些植物分泌的香气驱虫。让小孩们饮雄黄酒，给女孩们额前点朱砂痣，那些香囊中装的也是一些中药材的粉末。这些举措，无不指向这个盛夏到来之前消毒祛魔的实际，所谓的"菖蒲似剑斩千邪"即指此。

我们的祖先是智慧的，他们能够把实用的动机予以诗化，使人们在充满诗意的仪式中享受节日的愉悦。记得幼时，节日临近，家家都贴起对联——在福州，对联不光是春节张贴，一般节庆也都贴的——记得一副对联是："海国中天传令节，江城五月落梅花。"那时似懂非懂，倒是记住了，直到如今。福州近海，原是"海国"无疑，闽江贯穿福州城，说是"江城"，更是贴切。然而，农历五月天，挥汗如雨，哪有什么梅花？梅花又怎么会"落"？不懂了。后来读唐诗，方知其句出自李白的《与史郎中钦听黄鹤楼上吹笛》：

一为迁客去长沙，西望长安不见家。

黄鹤楼上吹玉笛，江城五月落梅花。

由此才知道"梅花"是笛曲名，汉乐府的名曲有叫"梅花落"，也叫"梅花引"的。

　　端午的诗情远不止这些，这个节日是为一位伟大的诗人而设，全中国的百姓都在用各自的方式怀念屈原，但龙舟竞渡在有水的地方倒是不分南北的一致。我曾在汉江上游的安康观看过盛大的龙舟节。"扒龙船"（福州话）是为了寻找那位为理想投江的诗人——结果成就了一项惊天动地、万民同乐的竞技；包粽子，据说是给溺水的诗人送食物的，结果成就了一方传统美食。全中国的人们都在这天包粽子纪念诗人，但全中国的人们都用自己的方式包。广西的枕头粽，浙江的火腿粽，厦门和泉州的肉粽堪称粽中极致，最为富丽堂皇——它是咸肉粽，里面含有火腿、鸡、松子、花生等——恨不得把所有的美味囊括其中。

　　在福州，母亲包的粽子非常结实，她总是把专用的草绳固定在一处，一头用牙咬着绳子的另一端，拼全力把粽子勒得紧紧的——母亲此时有一种惊人的爆发力——因为母亲的缘故，到了北方之后，常常感叹他们包的粽子总松松垮垮的，好像总在敷衍，比母亲的手艺差多了。福州粽子大体用花生或赤豆和着糯米做材料，不咸也不甜，糯米加上很重的碱（这是福州粽子的特色），橙黄色深到发暗，糯米碱面的香气，加上竹叶的香气，非常的迷人。吃时蘸糖，与别处的粽子不同，它靠的是本色的味道。

闽都端午活动的重心是龙舟竞渡。闽江流过城市中心，是极佳的竞赛场所。竞渡之前来自四乡的龙舟分别在闽江各处整装待发，龙潭角、鸭姆洲、仓霞洲各处都有健儿的身影。当然正式的比赛是在江面开阔处，万寿桥下是中心，龙舟从上渡方向顺流而下，到了中洲，正是冲刺的时节，此时锣鼓喧天，千舟齐发，气势极为雄伟。当日我家住仓前山程浦头，离江甚远，也还是冒着夏日的苦暑前往观战。这时候热辣辣的太阳直接照射着，毫无遮拦，即使如此，也不能减去我们的热情。清代一首榕城竹枝词："凉船过处水生风，鳌鼓声喧万桨同。若个锦标先夺得，蒲葵扇系手巾红。"（董平章）写的就是这个场面。

龙舟赛事缘起于悲苦的寻觅，而终于化成了民间的节日喜乐，渐至今日，不仅在中国，也遍及世界各处，成为一项体育项目。这是中国人伟大的创造。正如我在关于清明的那篇文字说的，我们的祖先能够化解人间的苦难，将悲怆转化为现世的享乐。清明如此，端午也如此。端午是一年节庆中诗意非常浓郁的节日：香香的端午，它的芬香来自五月的田野，更来自历史的人文积淀，是自然界的芬香，也是诗歌的芬香、文化的芬香。

2012年3月3日

于昌平北七家村

一年最美中秋月

——闽都岁时记（五）

　　一年的暑气到了中秋就消了。中秋的月总是圆圆的，亮亮的，人们想起中秋，总是想起天边那一轮耀眼的团团圆圆的月华。民谚云"八月十五云遮月"，这是在说好景难全，好事多磨的意思，是饱经人生阅历之后的哲理。即使中秋无月是寻常事，但人们的意念中，中秋总有月，中秋月总是美。而且在我的心灵中，故乡的中秋月更是世上无与伦比的美。

　　中国人审美到了月亮，可说是到了极致。中国未必万事不如人，但退而言之，要是只有一项可以骄傲于世人的，那就是我们对于月亮的诗意的欣赏。别的我们不敢夸口，例如科技，例如环保，例如民众的素质，要是不幸也只剩下一点，那就是我们对于月亮的优美而睿智的想象。是中国人创造了诗情的月亮，而不是别人。我不想在这里掉书袋，相信稍有古典文学修养的人，对此都会讲出一套。说我们是月亮崇拜，那不免有点落套，对日月天地的崇拜，并不是我们的专擅，也非我们的独有，世界各种文明都有关于这方面的神话诗文。

谈到对月亮的欣赏，是我们把月亮读成了一首诗，读成了千千万万首晶莹含蓄的诗。简单一些说，我们是把月亮审美化了，并使之与民族的心灵相融汇，从而成为民族灵智的一部分。正是由于我们对月亮的挚爱，以至于要专门设立一个节日，来尽情地享用和丰富这种审美的创造。中秋节就是中国人的月亮节。中秋是敬月神的，月神象征着劳动和丰收。

较之已有的诸多节日，中国人重视中秋节的程度，仅次于除夕和正月十五的年宵灯节。究其原因，在于中国是一个传统意义上的农耕民族，秋天意味着农作物成熟，一年的农事即将结束，中秋原是农事丰收的庆典。对于一个农耕民族来说，还有什么比谷物瓜果的丰收更为重要的呢！这种精神流传最初从乡村引向城市，从民俗最终引向了文化。中秋是丰收节，是团圆节，也是爱清节。

想起幼年时分，中秋月圆，银河在天，母亲和家庭的女眷们设坛祭月。夜阑人静，烛影轻曳，青烟如缕，此时桂香袭人，月华如洗，想人间至情，无过于此了。和所有节日一样，母亲也是中秋佳节的总策划和总指挥，她的劳作事除了必要的祭祀活动之外，最集中的也就是中秋夜的那一场团圆宴了。月饼是必需的，应时的瓜果是必要的，餐桌上显眼的是那些新鲜的芋艿和菱角，它们带着田野的芬香，特别是水乡江城的风情。

说到月饼，不是偏爱，对比之下还是家乡福州的月饼最好吃。福州月饼酥皮、油性大，而且甜度高，不是现下流行的那种温吞水的、据说是为了减糖而似甜不甜的那种。枣仁的、火腿的、五仁的，细润糯软的口感，都极好。近年中秋多有朋友馈赠月饼，打开一个华丽的包装，内中总有咸蛋黄，有的一下子就是两个咸蛋黄，什么时候时兴这蛋黄馅的？还有时尚的：咖啡的、可可的、黏黏糊糊的哈密瓜或猕猴桃的。月饼造成这般模样，真是走火入魔了。多年没有在家乡过中秋，家乡的月饼是否还是原汁原味？或者也时尚化了？我最想的，也还是我当年吃的那个样子，那份心情。

为了庆祝中秋，闽都习俗从家庭到市井，都盛行为时至少一个月的"摆塔"活动。"摆塔"是福州方言，"摆"是动词，有陈列、安放的意思，至于"塔"，则是被摆放的人物造型的统称。因为在那些摆放的造型中，佛塔的地位最显赫，所以笼统地称"塔"。这些被陈列摆放的，是那些瓷的、陶的、泥塑的人物造型，从如来、观音到玉皇大帝、南极仙翁，还有刘关张三结义，还有唐僧和他的弟子们，以及八仙过海等等，范围涉及广泛的神话传说和历史人物。

这是闽都中秋活动最重大，也最华丽的一项仪式，也是孩子们兴奋喜悦的中心。每年进入阴历八月，人们就把去年收藏的那些造像从箱子里取出来，擦拭洁净待用。我们在厅堂设起香案，然后开始"摆塔"。诸多佛像、神仙以及英雄豪杰，按照他们的"地位"和"身份"，由上而下，由高而低予以排列安置。佛塔最庄严，立在最高处，佛祖居中，玉皇次之，层层摆放，秩序井然。这些传说中或历史上的人物，有的道行极高，有的品德佳好，有的忠义，有的仁爱，有的智慧，有的谋略，对于幼年识字不多的我，"摆塔"的过程就是一场无声而形象的历史和民俗的"阅读"的过程，是耳濡目染，更是无言之教。

中秋节到了，大人们忙碌，孩子们嬉闹。记得当年，中秋宴罢，母亲辛苦一日，收拾完后，与家人静坐品茗闲话，这正是她的悠闲时光。我们一般孩子，兴致飞腾，玩得疯了，纷纷点起柚子灯，再在柚子灯的表面插上点燃的香火，那浑圆灯面顿时长出了星星点点的红。我们在院子里，也在街巷中，一路飞舞着那星星点点的红，奔跑着，叫喊着。

柚子灯是闽都中秋的特制。造灯时，先把柚子内囊掏空，留下浑圆的外壳。再在空壳中安装蜡烛座，蜡烛点燃后，柚子灯发出黄色的微光，再在柚子外壳插上点着的香火。柚子灯以及夜宴之后的"提灯游行"，是闽都中秋夜一道明媚的风景。

多么难忘的往日风景：天街如洗，月华皎洁，我们的柚子灯梦也似的微光……

2012年7月23日
于北京昌平

辑二　花朝月夕

郁金香的拒绝

我对郁金香心仪已久。最初是在一份挂历上看到，大概是荷兰或是西欧的某一个国度吧，那里种着大片大片的郁金香——如同我们这里的农民大片大片地种着小麦或水稻那样——单色为畦，一色一畦，仿佛是铺着彩色的地毯，直至眼力不及的远方。如海的郁金香，掀起彩色波浪的郁金香，单看照片，便令我神往而沉醉。郁金香这花给我的印象，便是那挂历的画给的，她不仅婀娜多姿，而且有排着方阵的无言而宏大的气势，显得格外地动人。

也许郁金香的迷人在于她造型的单纯而简洁。她形如高脚酒杯，端庄、高雅如名门淑女。花卉中形色娇媚的是虞美人、仙客来，以及木本多年生的西府海棠。取其香气清雅的，大体总不见鲜丽的色泽，如水仙、米兰、茉莉、桂花等。说来惭愧，直到要写这篇文章了，我除了对她可以从画中间接感受的色彩外，对她的其他特点，特别是她的香气却毫无所知。我之所以如此无知，并非是我的格外愚钝，而是由于郁金香对我的一而再，再而三的拒绝。

郁金香是"洋"花，国中不多见。但我又不满足于只是在画中或照片中看，于是益发激起我"一睹芳颜"的愿望。1992年我有第二次的欧洲之行，英国之后，第二站便是荷兰。荷兰是郁金香的故乡，又以它为国花。据说二战期间，大概是1944年或1945年的冬季，因战时饥馑，荷兰人食郁金香的球根得以存活。他们感谢这多情多义的郁金香，战后便定之为国花。我访问荷兰时正值春季，应当是郁金香花开时节。我想，这下可有机会一谒这声名远大的名花的风采了。

从伦敦飞阿姆斯特丹，再从阿姆斯特丹乘坐火车去我参加会议的莱顿小城，铁路沿线，铺展开这个国家花团锦簇的大地。世人皆知，荷兰不大的国土低于海平面，这一片如花的土地是荷兰人用他们的智慧和毅力在与自然的较量中造出的。火车行进着，铁路两旁，没有国内惯常见到的垃圾的倾倒和堆积，而是洁净如公园。远处的海岸，近处的运河，还有矗立天际的缓缓转动的风车，而无尽绵延的则是铁道沿线的鲜花——但我没有看到郁金香！

　　在莱顿住下来，我心急地要在这郁金香的故乡会见我倾心的久慕的朋友。这城市沿运河有许多商店，最撩人眼目的就是花店。对于欧洲的花卉，我在英国时已有深刻的印象，特别是在牛津的那个白天和那个夜晚。我一方面为英国友人的热情款待而感动，一方面则是由于英国的鲜花。也许是因为气候适中、不冷不热，那里的花不仅是色泽艳丽，而且许多花色在国内未曾见过。荷兰的鲜花也是极著名的，品种之多让人眼花缭乱。我自信在国内许多花都叫得出名字，但在荷兰却不灵了，许多花我闻所未闻。

　　在荷兰逛花店是极大的享受。徜徉在滨河花街之上，杂沓于钗光鬓影之中，你会感到仿佛是全世界最美的色彩，都汇集到这里来了。你一下子就体悟到这世界原来是这般鲜丽，这般光艳，这般富有生命力。而令人意外的是，我依然没有看见一朵郁金香！

　　我在荷兰逗留的时间是六月初至六月中旬，那正是百花盛开的时节，而独独是郁金香花时已过。更为遗憾的是，不是已过多时，而是刚刚开过！但是，即使是我迟到一步，也不该这样绝情绝义地消失得无影无踪啊！我是带着被拒绝的怅惘离开荷兰的。莱顿运河上驶过天际的白色游艇，阿姆斯特丹夜世界的宁静的狂欢，海牙沙滩上尽情享受阳光和海水的人群，一切都是激动人心的，但一切也都由于郁金香的缺席而失去了生气——这世界仿佛留下了无法填补的空洞。

从荷兰回到英国，大英航空公司的航班再次飞越英吉利海峡，舷窗下湛蓝的海水铺开一幅柔软闪光的锦缎。飞机低空飞越伦敦，泰晤士河上的滑铁卢桥，"大笨钟"，教堂的尖顶，当伦敦多情地为我展示她如画的光彩时，我有一种不远万里、满怀希望地前去会晤日思夜想的、最亲爱的人而不能如愿的悲伤。我因为郁金香也许并非有意的伤害，而在如花似玉的伦敦城里抑郁寡欢。

二

郁金香是多年生的球根草本植物。多汁的茎，碧绿而直，花茎的上端骄傲地举着花朵，花形如俏丽的高脚酒杯，整齐的花瓣，枝无旁出，每枝一花，多系单色。我一直在为此花做梦，为她的高洁而幽雅的姿态，为她的不事喧哗的单纯的美丽。那年荷兰之行的一场空梦，我只能嗟叹我与此花缺少缘分。

事过三年之后，今年春天，杭州西湖有个约会。我的下榻之处，是位于汪庄的西子宾馆。开窗临湖，花影鸟喧，如与美人相对。住所出门，便是雷峰夕照旧址。有幽径通往山巅，可凭栏览胜。在那里前前后后住了大约一个星期。在京时每日忙忙碌碌，总有做不完的琐事，在这莺飞草长的暮春江南，西子的湖光山色，倒也能慰我清寂。

在杭州西湖的最后一日，晚间饭后友人陪我散步。那时华灯初上，夜色已暝。友人忽然说起，近年新辟太子湾公园离此不过数百米，何不前去一观？况且那里还在举办一年一度的郁金香花展。一听此言，我若触电。心想前年万里飞行，兴冲冲前去拜谒郁金香王国，却无获而返，不想这次却轻而易举地得以如愿。我自是欣喜难言。郁金香花展国内其他城市未见举行，据说这里所展之花都是从荷兰空运来的花苗，经过一段时间的培植，便在公园绽放迎人。

从汪庄至太子湾果然不过数百米，步行不及十分钟便到。但当我们惊喜于这么快便到达时，却是迎头一盆冷水：因为闭园时间已到，公园的门刚刚上锁。从铁门的缝隙中往里看，我可以看到盛开的郁金香在乍临的夜色中含蓄而多情地伫立着。然而，无情的铁门却把这最可能的相见，造成了永远的拒绝。

陪同我的友人一时情急，在门外拼命叫喊。千呼万唤终于唤来了同样无情的守门人。他似乎为这过时的客人的唐突而愠恼。我的友人，这位身材魁梧的汉子，笑容可掬，又是递烟，又是恳求，说了一连串"北京来的教授"等无用的话，就差下跪了，还是不能打动这铁石心肠的守门人。我们绝望地陷入无边的黑暗中，而隔着铁栏杆的门，无边的郁金香同样绝望地站立在无边的黑暗中……

要是说两年之前我在荷兰被郁金香所拒绝，是由于花时乍过而失之交臂，而现在，这一切只能以宿命来解释了。我来杭数日多有闲暇，而太子湾公园距我住地只是咫尺之遥，我有很多的机会可极易地一睹郁金香的丰采，为何只是在我离杭的前夜方才获知？更不幸的是，为何获知的时间是在公园闭门前的顷刻？机票已买，明晨曙色未临时节我便须前往机场。而此刻却是园门深锁，守园人铁石心肠！天意如此，我真的是绝望了！

次晨一场豪雨中我离开西湖。路灯影映下的西子正是睡眼惺忪。沿着苏堤望去，这一带的烟波柳岸在拂晓的微风中轻轻摇曳，别有一番情趣。而我，却由于名花的再度拒绝而兴味索然。我若有所失地登上了从杭州飞往汕头的航班，开始另一次艰难的寻觅。我期待着另一次天意的垂怜，以慰我内心的伤痛。

三

我之被拒于郁金香的故事没有结束。它是一而再，再而三的离奇。要是没有那离奇造成的沉重感，我也不会有这样的其一、其二，乃至其三的笔墨了。这都是对我心灵的沉重的打击。而最沉重的、但愿也是最后的一次打击，却是与我所敬重的郑敏先生有关。郑先生到过荷兰，好像还不止一次。我听说郑先生的花园里引种了名贵的郁金香，而且已经引种成功。有人已在郑先生的花园里欣赏过这尊贵的异国名媛。我私心艳羡郑敏先生与名花有缘。

我的家在燕园，郑先生家在清华园，我们两园隔着院墙几乎连成了一片。从北大到清华，步行半小时可达，我们真的是近邻。可是，为了这郁金香，我多次试探着间接，甚至直接地向郑先生提起，希望能获得到她家欣赏郁金香的邀请。我暗示着、坚持着，每次都没有得到明确的回应。郑先生对于我的"提醒"，通常不是微笑不语，便是有礼貌地避开话题。

在我的经验中，郑先生历来是乐于接待我这个客人的。我曾经多次在她的府上和"九叶"的诗人们欢聚。我的博士生们到郑先生那里去请教，甚至比到我这里还随便（郑先生有时不无得意地告诉我，她是在无偿地为北大培养国内外的学生）。我和郑先生交往如此，应当说，适当的时候前往清华园向郑先生请安和请教是不成问题的了，可是，我却从来没有在郁金香花开时节接到过郑先生的邀请——尽管我不止一次地表达过这种意愿。

今年我自杭州"受挫"返京之后，燕园中又盛传郑敏先生家里的黑郁金香开花了。恰好此时我有机会见到她，我含蓄地提及外界盛传之事，郑先生听罢微露欣喜之色，却对这传闻不加证实也不予否认。当然，我所期待的邀请依然是杳无音信。就是说，尽管我提到了那种传闻，但郑敏先生关于她家的郁金香的任何信息都没有透露给我——她可真是守口如瓶了。

从此，郑先生家里的郁金香变得有点神秘了。依我对郑先生为人的了解，这绝非郑先生的吝惜，这只能说明郁金香这花在中国是太罕见，也太名贵，名贵得有如恐人知闻的家传珍宝！试想，在周围都不宽裕的社区中，那些拥有珍宝的人家的小心和警觉，这样，我们当然也就理解了清华园中名花之主的心态了。

郁金香对于一般人来说，并不存在"危险性"，它也许和园中所有的花没有什么不同。但对于我这样几乎幻想成疾的人，万一得以视见，就很难说了。只要将心比心，只要以己度人，我们便会冰释我们心中的芥蒂。但我却始终悻悻。要是说我万里之遥到荷兰而见不上名花一面，要是说我千里杭州之行而只能在夜幕之下、铁栏之外拥有咫尺天涯的孤绝，那么，现在，以北大、清华的一墙之隔，明知清华园某公寓的某一庭院，又明知这一庭院的主人为何人，又明知那郁金香正在京城春天的阳光下艳丽而骄傲地开放着，而我，却依然被无情地拒之门外，这真是从何说起呢？

所幸郑先生还蛮有体恤之心，她悲悯于我的沮丧以至绝望。那日见到我，她说，"我可以送一张郁金香的照片给你"。这对于我本不存奢想的心，当然是极大的安慰。我于是开始了新的怀想和期待。

今年五月的最后一天（这是要加以郑重记载的一天），我的一位博士生蒙郑先生召见，回来后给我留下一信封，信封上写了如下的字样："郑先生捎来花园的郁金香，这一张是比较清楚的。"展开一看，是郁金香的照片，郑先生没有食言。果然是满满一畦的郁金香，红色和黄色相间，开得很是繁盛。

我终于"看"到了郁金香。但，如同我最初看到的那样，依然只能是照片。我终于没能看到真实的郁金香！我和郁金香之间，也许隔着的不仅仅是浩瀚的天空和缅邈的海洋，也许隔着的是另一种永远无法破译的东西。但不论如何，毕竟我的眼前有了一张诗人郑敏送给我的她园子里的郁金香的玉照。我感谢诗人的慷慨馈赠，也感谢她的一诺千金。我于是最终也不曾看到真正的花，那在阳光下开放的、花瓣上留着晶莹的露珠的真正的花。我只是完整地做了一篇遗憾的文章，这是我的不幸，也许更为不幸的是，这篇文章的题目，还是拾了张抗抗的牙慧，经过我的郑重请求，蒙她慷慨"借"给我的。

（后记：张抗抗写过《牡丹的拒绝》，是一篇非常出色的散文。此文的题目非沿用"拒绝"不可，的确是经过"申请"而获得准许的"借用"。此文草稿于数年前，定稿于今年，郁金香在现今已非稀罕之物了。）

1999年1月1日
于北京大学畅春园

相约黑郁金香

暮春三月，莺飞草长。一眨眼的工夫，那无边的春色已悄然染绿了江南。此刻我寻梦姑苏。寒山寺的钟声，沧浪亭的流韵，虎丘的十里山塘，都是让我梦牵魂绕的地方。那日多情的苏州友人为我圆梦，陪我入拙政园，领略移步换景的江南园林的清雅与精致，然后带着水涯山间的那几丝云岚，步观前街，款步登上一家茶楼。一杯清茗，两位清雅的苏州女子，以令人心迷的吴侬软语，为我们弹唱"楼台会""长生殿"。清幽的拙政园，繁华的观前街，茶楼之上的香茗与琵琶，浅斟，低唱，婉约而缠绵，这一切都让我心怡。

然而我依然未能释怀，我依然怅然若失。在这春深时节，我记起我的郁金香之约。时间算起来也不短了，我曾被郁金香拒绝。最先是在她的故乡阿姆斯特丹，也是五月，我不远万里而来，她不等我，终于缘悭一面。后来是在杭州太子湾，她只许我隔门遥望。最后一次最惨，在我的邻居清华园。我耳闻那里的一所诗人的院落里郁金香正开，心仪之，也被主人有礼貌地微笑婉拒。后来，还是这位大方而宽容的主人，从别人送她的一束郁金香中，抽出一朵安慰我。为了记述我这番情感上三连环的"惨败"，我先后写了四篇文章"以纪其盛"。

可以自豪的是"我心依旧"。就在此刻，就在令我心醉的江南，就在这姑苏古城，我的感觉告诉我，郁金香在召唤，我知道她在等我。虽然此刻，江南已是春深时节，习惯于凌寒开放的郁金香，她的花时已过。而我坚信她仍在等我，因为我们内心有过约定。苏州植物园在相城区，园林临近著名的阳澄湖，它没有阳澄湖那么宽的水面，倒是碧水蜿蜒，婀娜多姿。丽湾，好俏丽的名字！这园子遍植名木佳卉，是群芳荟萃的地方。高大的乔木中有号称镇园之宝的一棵紫荆，它来自云雾缭绕的青城山，居然已有1200年的历史了。

我们来到丽湾之时，满园的樱花也是盛时已过，那么我的郁金香呢？我不免有些忐忑。我知道郁金香的故国是在欧陆偏北的荷兰，她不怕冷，总是凌寒开放。郁金香恋故土，在外面很难繁殖。她要从荷兰远涉重洋来这中国的江南，年年如此。习惯了寒冷气候的花仙子，她当然会选择乍暖还寒的时节亲近客人。而此刻，清明已过了一个多月，多雨多雾的江南正是群芳斗艳、蜂蝶争飞的季节。太阳暖洋洋地照着，空气里飘浮着浓浓的油菜花的香气，数百里绵延的黄花阵，熏蒸着长江南部的无边锦绣。她能等我吗？在这炎热的夏天的前奏！

苏州植物园园区之大，据说是亚洲第一。令人惊奇的是，它的大部分场地竟被郁金香"占领"了。这令深爱此花的我，有点喜出望外。尤为出人意想的是，郁金香竟然都在开放！艳红的、金黄的、淡粉的、浅紫的、雪白的，还有各色镶边的，缤纷华艳，令人乱目。郁金香的令人怜爱，不单是在她的花色，而更在她的花形和花姿，一株一朵，亭亭玉立，如典雅的高脚杯，想象着里边盛的是五颜六色的鸡尾酒，又如太太客厅中的女主人，高贵、典雅、超凡脱俗。

太阳照射着，有点燥，有点烈，而郁金香不忘旧约，耐着她不适应的气候坚定地翘首伫立在水涯、路边，她在谛听我自远而近的足音。竟然还有黑郁金香！我惊呼，这不就是诗人院中那秘不示人的令人日思夜想的奇花吗？其实她不是彻底的黑，是深紫到发暗的紫檀色，她是非洲大陆的黑美人。她的肤色在阳光下闪着光，那是黑夜中的星星的晶莹。这时，我仿佛听到来自塞内加尔的诗人的吟唱，夹着动人的非洲鼓："赤裸的女人，黝黑的女人，微风吹不皱的油，涂在竞技者的两肋，

马里的君王们两肋的安恬的油。在乐园欢奔的羚羊，珍珠像星星一般装饰在你皮肤的黑夜之上。"（桑戈尔《黑女人》）

2013年4月17日

于昌平北七家村

中天门的槐花

中天门的槐花在等我，等我到来时它盛开。

这是五月中旬，立夏已过了十多天，节气正进入小满。在山下，在平原大地，槐花已开过多时了。五月末是花事阑珊的季节。在我居住的燕园，早在三月，还是春寒料峭的天气，花就怯生生地开了。最早是山桃，它带着不驯的山野习性，似乎有点迫不及待。它开的时候，外面还不时飞舞着雪花。那花就经常这样被淹没在冰雪里，人们几乎辨认不出哪是花，哪是雪，只有有心人才知道这花的勇敢。山桃而后是迎春，迎春而后是连翘。到了五月，一年的花事就匆匆忙忙地开了个遍。到了荼蘼开花的时候，真的是"开到荼蘼花事了"了。所以，我感激中天门的槐花，它一直在等我。

而我却是姗姗来迟，让槐花久等了。早在年前，我就与山东的友人相约，待到今年的"五一"长假过后，游人的潮水退了，我们就登山。登泰山是我的夙愿。这愿望藏在心里已久，可以说从青年时代开始，数十年未曾稍忘。在我的心中，泰山是非常神圣的。泰山是中国文化的象征，那里留下了许多先人的足迹、诗篇、题刻，还有传诵千古的佳话。对于我来说，登泰山就是来向中国文化致敬，也就是朝圣。我早就下了决心，我要像信徒那样虔诚，从山下一步一步地走到山上。

怀着这样的愿望，从青年时代到中年，再到过了中年已是人生秋景的今日，我静待这个庄严时刻的到来。这一等至少就是半个世纪。中天门的槐花，就这样一年又一年地开了又谢，谢了又开地等着我的到来。今年很不平常，新年第一天我就开始远行，从昆明到红河河谷，再从个旧北上丽江，来到玉龙雪山底下。春节刚过，再一度到济南。从三月末到四月末，我一个人从北京出发，福州、广州、梧州，从梧州经广州飞郑州抵鹤壁。我与温州有约，鹤壁的活动一结束，又急匆匆从郑州转道上海飞温州。而后，由温州而台州，而宁波。最后再从宁波返回温州。将及一个月的时间，十余次途经或停留诸多城市，应付着各不相同的任务和场面，承受着体力乃至情感上的深重考验。这一切，似都在为参拜岱顶做准备。

中天门的槐花在向我招手，我不再迟疑。今年第二次来到了济南，从济南出发，一路车行匆匆，当晚歇岱庙。次日早起，一瓶水，一架相机，二三位比我年轻的朋友相伴，我们就这样向着泰山进发了。一天门是一个起点，像一个使徒，我步履沉稳，心境端庄肃穆，一步步向着我的目标。过"虫二"，望风月无边。访经石峪，看泉漱经典的辉煌。回马岭，步天桥，满目晴翠，古碑凌云，苍松蔽日，中天门到了！登山近半，已见疲乏，中天门一带地势平缓，恰是舒缓身心的好时机。此地俗称"快活三里"，是紧张之后的放松，大约有三华里路程可以悠闲地走。这一段路，是迎接十八盘的艰难，向着玉皇顶最后冲刺之前的心境和体力的大调整。张弛有道，缓急有节，这就是泰山的神启。

那槐花充满了灵性，它感到了有远客来临，顷刻间开放了繁密的花团。那花团如流云，如涌泉，把中天门上上下下所有的悬崖峡谷全给充填了。这种充填更确切地说，像是一种突如其来的占领。仿佛是一种电击，更像是一个无声的命令下的"军事行动"，是那样的迅疾，又是那样的出其不意。我从来没有见过这么壮观的、从含苞到全盛的花的开放，仿佛是一个召唤下的瞬间的集结。日正中天，蝉鸣远近，佳树清荫，游人倦午。此时槐香悄悄袭来，向着人的鬓发，向着人的罗衫，是一种清雅，更是一种高贵。那花香，清清浅浅，浓浓淡淡，似聚还散，似有还无，如轻雾，亦如流云。真的是，牡丹不及它高雅，茉莉不及它热烈，艳丽的海棠又没有它沁人心灵的醇香。

我礼赞中天门的槐花，我更感激中天门的槐花。我礼赞它不加修饰的美丽，我感激它长久而深沉的眷恋。我要向槐花挥手告别了，我要带着它的动人的牵萦和怀想，我要怀着我的热诚和爱意，向着岱宗的极顶攀登。我要在十八盘陡峭的石阶上洒下我真纯的汗水，我要在南天门上向我远方亲密的朋友送去我心中的红玫瑰。

2004年5月18日登岱顶
6月6日于北京昌平北七家村

温州的月光（前记）

诗人兴会，不可无文。曲水流觞，兰亭雅集，历时千载，百代景仰。我辈凡庸，岂敢谬托前贤？古云，虽不能至，心向往之，乃人之常也。此系古事，更有近者。记得当年，朱自清、俞平伯两先生荡桨秦淮，相约作同题散文《桨声灯影里的秦淮河》，一时传为佳话。周作人、郁达夫两先生分别主编《新文学大系·散文卷》，灵心慧眼，朱俞双双入选。此二文，遂成"五四"文学之经典。

公元21世纪之第三年，秋阳如花时节，中国当代文学研究会、温州师范学院，暨温州山水文化传播公司，联名举办诗歌盛会。会间诸友联袂出游江心屿、雁荡山、楠溪江诸胜。秋水依依，秋月澹澹，风月无价，情意绵恒，如此良辰，岂可无记！

偶念兰亭秦淮翰墨之胜，相约以"温州的月光"作同题散文，以纪其盛。此议既出，应者甚众。《温州晚报》慨允贻以版面，共襄盛举，尤可感也。岁月匆匆，秋往冬至，文稿频传于电邮之间，佳品联翩于京温诸地，事成指日可待。爰为数言，以明初衷。

癸未冬月记于京郊畅春园

温州的月光（其一）

夕阳下去的时候，温州的街灯亮了。我们登上了江心屿。我们把繁华留在了身后，去寻找这与城市仅有咫尺之遥的宁静。我们行走在江心屿的林荫小道上，这里已没有游人，是一片静谧的世界。江心寺庙门已闭，缭绕的香烟已经消散。矗立小岛两端的东西塔，伫立在薄暮的霞光中似有所待。鸟已归巢，花已闭眼，正是月上柳梢的时节。

江心屿是温州的骄傲。它使我想起我刚刚访问过的厦门的鼓浪屿，它们都是城市水域中的明珠。不同的是，鼓浪屿是在海中，江心屿是在江中，它们都是云环雾绕的水上花园，是都市里永不沉没的五彩花船。鼓浪屿是著名的音乐之岛，在那三角梅覆盖的盘山小道和西式洋楼里，鸣响着钢琴优美的旋律，从那里走出了一代又一代的钢琴家。鼓浪屿有一家非常出名的钢琴博物馆。与之相媲美，江心屿是诗歌之岛。这里的小道上到处飘荡着诗歌的芬芳，一代又一代的诗人，从南北朝的谢灵运，到唐代的孟浩然、李白、杜甫、韩愈，经宋元明清以迄于今，无数的诗人慕名而来（有的则是虽不能至而心向往之，还是写出了诗篇），留下了他们的兴叹。

浩然楼同时纪念着孟浩然和文天祥的游踪，而澄鲜阁的题名则撷自谢康乐的名句"空水共澄鲜"，这里处处都能听到那些名噪一时的诗人们的呼吸和心跳。它是一座不具形的诗歌博物馆。诗之岛历时1500余年，历代诗家吟咏不绝。也许是因了这里的江水，这里的风物，但我更相信是因了这里一片永远明媚、永远灿烂的温州月。这真是：温州一片月，千年吟咏声！

鼓浪屿和江心屿是一对姐妹，她们都是奥林匹斯山上专司音乐和诗歌的美神。不久前的一个夜晚，我曾坐在厦门轮渡码头上眺望过鼓浪屿梦幻般的灯火楼台，谛听那跨越港湾的琴音。如今我又投向了江心屿的怀抱，领略这里无尽的诗意。我诚何幸，同时拥有了这一对姐妹！

月亮无声无息地从瓯江的对岸升起。她步履轻轻，如南方秀丽的女子，低着云鬟，乱着雾鬓，从井台边汲水而来。一轮明亮的秋月，穿过浓密的树梢，此刻正温情脉脉地悬挂在江心屿的上空。南方的明月，漂漂亮亮的、清清爽爽的一轮玲珑月，她深情地抚摸着这里的每一棵树、每一朵花、每一片石，这里的古塔、寺庙和楼台。月光给这一座诗一般的岛屿，镀上了一层银色的清辉。

温州的月光是温柔的。她照着瓯江，仿佛是情人的眼睛。那江面因为这深情的凝眸，而有了悄悄的激动，泛起了轻轻的涟漪，那是不宁的胸脯在起伏。似是感动于多情的月色，瓯江从江心屿的两端轻轻地绕过，把这孤屿拥入怀中。它是爱人柔软的手臂，拥抱着此刻变得透明而妖娆的爱的精灵。

已是秋天的夜晚，这里依然洋溢着夏天的热情和奔放。鹿城的主人把江心屿最美的地方，留给了我们这些远方的来客。面对着江屿上空的一轮明月，谛听着摇荡着波光的浪拍苇岸。是梦境，却没有梦境的虚幻；似仙境，却充满了人间的温馨。晚会开始了，音乐、舞步和诗歌，还有轻盈的欢笑，和铺天盖地的月光融成了一片。中夜时分，月亮升高了。它是悬挂在温州上空的一只银色的圆盘，轻纱般的光霰涌动着，涌向了这绿树笼罩的江心屿。

我是南方人，因为在北方生活久了，反而生疏了南方的月亮。我熟悉北方的月色，特别是在秋天，那月光澄澈透明，把一切照得纤毫毕露，有如白昼。北方的月亮一点也不含蓄，它是开阔的、无边无际的，它无遮拦地直直地逼近你，带着那种强悍，甚至还有点粗暴，带着无可抗拒的丝丝的凉意。北方的秋意不让人有回旋的余地。它是晶莹的，但是太晶莹了。它的穿透性，甚至让人想起凛冽的杀伤力。除了冰雪，几乎让人想不起还有什么可比喻的。想象中李白写月光"疑是地上霜"，该也是我所叙述的这番景色吧？这样的月色也是不可替代的，有一种阔大的空间，有一种一泻千里的气象。

温州的月光全然不同。温州的月光是温柔的，她温婉而多情。她蹑着猫步，她生恐惊动你，宛若那种最聪明、最善解人意的温柔女子，她会不带一点响动地向你靠近，带着瓯江上空的浓浓的水汽和雾霭，那是一轮湿湿的、润润的、半明半暗的、含蓄多情的温州月！

我正沉浸在无边际的月光的联想中，那边响起了轻轻的音乐声，晚会开始了。晚会的主持人——她有着温州的月光般的明亮和秀丽——打断了我的浮想联翩。这一个夜晚多么难忘，诗歌、舞蹈和音乐充盈着这里的每一个角落，伴随着这一切的是，明明暗暗、浅浅淡淡、若隐若现、若有若无的温州的月光！

2003年12月12日
于北大畅春园追记温州的秋月之夜

温州的月光（其二）

　　温州的诗会开过，我们要去雁荡山了。雁荡山太出名了，曾出现在我童年的梦中，但我用了数十年的等待，方才圆了这个梦。温州的朋友很早就告诉我，游雁荡山主要是看雁荡的夜景。当时就有点纳闷，雁荡山又不是城市，不可能有那么多的灯火，这夜景到底怎么看？到了雁荡山，导游小姐重申主要是要看夜景，并且说，"雁荡山的夜晚是令人销魂的夜晚"。这就有了一种神秘的味道了。

　　好像是一种提示，进山第一景便是一对偎依着的情人。男性的那个略高些，与之相依的另一位，就格外地显示出江南女子的温柔缱绻，绝对地是一个小鸟依人的可爱模样。众人不放过这个机会，纷纷在那里留影或合影，我是有意回避了。我只能这样充满惆怅地踽踽独行。

　　今年浙东久旱，纵横雁荡山的鸣玉溪、碧玉溪、锦溪这些美丽的溪流，因为水浅都失去了昔日的光彩。而大小龙湫以及三折瀑等名胜，在以往都是惊涛倾泻、飞银溅玉的风景佳好的地方，现在或者是涓涓一线，或者是浅水一弯，几无可观的了。雁荡山古称"岗顶有湖，芦苇丛生，结草为荡，雁来宿之"，按说该是水草丰茂的地方，如今有荡无水，当然也就失去了它的灵性。但山依然充满了诱惑。这里有热恋的情侣，这里也有偷情的男女，甚至更有僧尼越轨的恋情。导游总是因形设事，造出许多男欢女爱的故事，以诱发人们的想象力。这些解说词不免千篇一律，是有些乏味的。但我们还是耐着性子，等待那"销魂一刻"的到来。

薄暮时分，我们经碧玉溪，越碧玉桥，抵白云庵。这白云庵周遭，乃是灵峰景区，号称雁荡的东大门。沿鸣玉溪一线，周围危峰环峙，怪石叠嶂，移步换景，千姿百态。放眼望去，北为伏虎金鸡，东为超云天冠，西为五老合掌，南为犀牛双笋，这里竟是夜间观景的处所了。

我们到达白云庵时，夕阳尚在峰巅，周边虽有暮云，却未到观夜景的时辰。于是相约登灵峰谒观音洞。观音洞是一个奇特的去处，它嵌在灵峰与倚天岩之间。两峰相峙而立，远观如双掌相合，故又称合掌峰，而观音洞恰恰就修在那双掌相合的"缝隙"中。庙居峰顶，计九叠，有石阶拾级而上。九叠之上为大殿，供奉观音神像，香烟缭绕，梵音盈耳，恍若置身仙界。众人在此，或跪拜，或求签，鼓磬交鸣，状极动人。

　　此时洞中人影绰约，我们从洞中外望，但见那双掌接合之处，显出了一条狭长的光明带。在那光明带的中央，一抹斜阳射出惊人的光艳。那斜阳艳丽如火，正燃烧在西天的黑云之中。而在它的周围，衬着极蓝极蓝、蓝到了极限而似是深海般的天空，以及那被一抹斜阳烧红了的云彩和古木稀疏的影子。这景象令我们激动无名，那是一个神秘的召唤，是一种由黑暗而祈祷光明的神启！

　　我们下山的时候，天已全然暗了下来。盘山的石阶已是一片模糊。路很难走，只能循着前人的影子，一步一步缓慢地往下移动。抵达白云庵的时候，已是夜色迷蒙时分。但见暗夜中，各路游客在导游的指引下正匆忙地集中。一阵忙乱过后，我们被带到了指定的地点，这时，雁荡山的神秘之夜开始了。导游叫我们按照她的提示，从不同的方向和部位，观看白日里那些耸峙的群峰。她让我们背对一座峰峦，头往后仰观，这时奇迹出现了，那是一对挺拔而诱人的乳峰！还有，这里，那里，那些平时望去是鹰或虎的山峰石岩，它们此际也都褪去端庄肃穆的外饰，而显露出浪漫的情状。他们或甜蜜地倚肩，或亲密地拥抱，或忘情地亲吻，都是些充满性感的情爱的场面和镜头：这是一对贪欢的男女，那是一对恩爱的夫妻，那是一个窥视的牧童，那是一个充满嫉恨的法老……

我们这才体会到那被反复强调的"销魂之夜"的隐秘含义。这才觉得雁荡山的这一个夜晚实在很不寻常，这里到处都充盈着那种让人想入非非的暗示和诱惑。这一切都是在那有光不亮、有云不暗、若隐若显、不深不浅、似明反晦的雾霭和云影中发生的。这夜晚，雁荡山所有灯火全都熄灭，这夜晚的一切，全在这神秘的氛围中演出……这是一个晴明的夜晚，没有风，没有雾，好像也没有虫鸣，一切都静谧，一切都在想象中……

人散了，把空旷和寂静留给了白云庵。此时抬头，一片发黑的蓝中，有疏星寒闪，新月在天，装扮着温州含蓄而神秘的天空。温州的月光是温情的。

2003年12月14日
在京华追忆温州的月夜

温州的月光（其三）

那么明亮，那么芬芳，那悬挂在瓯江上空的清清爽爽的一轮明月。月光如霰，皎洁，又有点迷蒙，却是把江心屿上浓密树梢的那些闪烁的星星都比下去了。小岛上东西两厢的古塔，此刻都在月明中沉思。沉思着谢灵运住过、李白写过、古今许多诗人留下过墨香的温州，充满诗情和爱意的刻骨铭心的温州。

月正中天。那光华寂无声息地掠过谢家池塘，照着池塘上的春草，春草上的流萤。那春草和流萤也都在月色的迷蒙中发出幽幽的光。那里有一片水域，一朵清荷绽放在水心，是的，是一朵粉色的芙蓉，半闭着眼，睡意蒙眬，沐浴着那无边的月明。那里有一座楼台，一座隐约于云中的、被春天的雨雾锁着的楼台。在那个典雅的挂满绿萝和牵牛花的窗前，迷蒙的月色中浮现出雅典的爱神俏丽的身影。这种水域中的清荷，这种月色中的云中楼阁，构成了让人遐想、更让人心动的温州。

温州是让人迷恋的，雁荡山的奇，梅雨潭的绿，楠溪江的蓝，池上楼的雅，都是让人梦绕魂牵的所在。那里的人勤劳而又聪慧，温州人决策的精明和行动的果断，在商界使所有的人都刮目相看。还有，那就是温州的女人了，这里的女人，雁荡山温煦的风吹着，瓯江清清的流水润着，江心屿上空的明月照着，她们美丽、多情而又小鸟依人般地风情万种。温州如一块磁石，一次来了再也不忘，千里万里，总是牵引着一颗眷恋的心。

最难忘，景山宾馆窗前的那轮明月，它皎洁的光笼罩着那在夜雾中半闭着眼的杜鹃花。有人在山道上送客，在月光中挥手，走远。最难忘，那日宴会散了，拉芳舍一杯散发着浓郁香气的卡布基诺。温州的明月，照着那一切，一切的临别依依，一切的欲语还休；温州的明月，记得那一切，一切的忧乐与共，一切此后日日夜夜发自内心的哀愁和牵挂，有一种突如其来的期待和惊喜，也有一种真诚的感谢，甚至惶恐。

温州有诗一般的山水，温州的历史用诗写就。一个偶然的机会，我得到一位我所敬重的诗人的赠书。那日临别，方良先生以诗相送，一卷《万里楼诗稿》，一卷《万里楼词稿》，都是汉英对照，且都是方先生手译。先生自序曰："平生经历宛云烟，飘渺虚无驰逝天。迭起悲欢罩寂寞，幽深洁影独缠绵。"可见先生诗词是他孤寂高远的襟怀的寄托。

温州有很多诗人，但是像方良先生这样能将古体诗词亲自译成英文的恐怕不多。我孤陋寡闻，环顾国中，既能写旧体诗，又能译的，恐也寥寥。先生早年毕业于浙江大学哲学系，长期担任中学名校校长。名士风流，世所不容，平生坎坷，历久弥坚。暇年以诗自娱，知者甚少。方先生的诗集，是温州送给我的诗的记忆，更是温州美丽的明月的记忆。

瓯楼洁地寄情深，皓月无声照古今。晨钟暮鼓红尘外，宇环唯存纯真心。诗人把温州无边的月色写进了他的心中，月亮是他的高洁心境的写照。在明月的映照中，一切都是无边的美好："十里春风花如织，一秋洁月影浮沉"，"关山有限铸情长，何处天涯无草芳。万里楼台明月照，千年古国桂花香"。诗人家住万里楼，高楼明月，眼界旷远，心志浩莽。

我想着温州的明月，想着明月下的温州，想念那里的明月的诗和写明月的诗人，想着赠诗给我的方良先生，我为明月祝福，为诗人祝福。

2006年6月21日
于北京郊外北七家村

温州的月光（其四）

温州是说不尽的，温州的月光也是写不尽的。那年初访温州，有一个难忘的夜晚。当时月华如水，树影婆娑，瓯江边上三杯咖啡把我醉倒。如此星辰，如此月夜，从此认定与温州不解的情缘。一年之中，竟有数次去那里，为的是尽情享受楠溪江上那一轮皎洁的明月，为的是雁荡山中那荡人心魄的、充满爱情诱惑的夜晚。

那年来到楠溪江，深夜抵达永嘉郊外的乡间旅馆。疏星如萤，月色如银，那山野的草香和虫鸣与明澈的月色融成了一片，此夜温州的月光里充盈着芳香的气息和金属的颤音。次日拂晓起来，发现昨夜的月明竟缤纷成了草尖的晶莹，还有楠溪江上星星点点的波粼。

此种景色，如今在温州城里是很难见到了，除非是在瓯江环绕的江心屿，那里依然保留了旷古的静谧。那柳梢上悬挂的，那情人们黄昏后静待的明月，也许谢灵运见过，也许王羲之见过，也许告别了繁华之后的弘一法师见过，而写过梅雨潭的绿的朱自清肯定是见过的。

　　而现在，昔日到处散发着墨香的街巷已在岁月的行进中消失。人们只能在记忆中寻找它充满诗意的昨日的辉煌。人们坚信温州城里依然有月，那月色中依然浸润着唐时的醉意，宋时的恋情，在池上楼，在万里楼，在五马坊，也在林斤澜笔下的矮凳桥。可是，毕竟，那一轮让人沉醉的月华，只能在人们的梦境中寻觅。

　　诗人瞿炜写《三十六坊月》，记温州城旧日繁盛。三十六坊是北宋哲宗绍圣年间，杨侯蟠任永嘉太守时所划定。其间谢池、康乐、五马、墨池诸坊，均与谢灵运、王羲之的行止有关，但大抵也只留下坊名，当日景色也荡然无存。杨侯有句："三十六坊月，一般今夜圆。"那月亮也只在人们的记忆中。那时的月亮是见不到了，留下的只是后人的追念。不仅是三十六坊上空的明月，连三十六坊也随着岁月而消失在凄迷的风烟之中。人们留恋这城市的过去，是因为它的昨日是那样地充满了诗意。

　　池塘春草，谢家台阁，兰亭墨韵，千载留芳。《瓯江逸志》载："温州自百里芳至平阳畴百里，皆种荷花。王羲之自南门登舟赏荷即此地。"《永嘉谱》云："南塘旧以荷花名。夹岸又多橘园，为夏秋胜赏。"唐张又新《百里芳》

诗："时清游骑南徂暑，正值荷花百里开。民喜出行迎五马，全家知是使君来。"旧传王右军守郡日，庭列五马，绣鞍银勒，出则乘之。五马街今存，正是当日郡守出巡的通衢，至今仍是温州繁盛之地。而右军当日风景，却是淹没在霓虹楼影之中，把温州上空的皎洁月色，连同百里清荷的香气，生生地夺去了。

遥想右军当年，公暇南门登舟，沿百里芳观荷，是何等气象！如今这一切，到哪里寻觅？瞿炜在文末感慨说："人应该诗意地栖居，这样的诗意在古代的中国，在古代的温州，是有着浪漫的经验的。而我们究竟是在什么时候丧失了这样的诗意呢？"瞿炜的感慨也是我的感慨，温州的月光是那样地吸引着我，旧日的月光已不可寻，我只能在心灵的深处，保留着我记忆中的那一轮永远透明、永远芳香、永远激情而浪漫的明月。

2006年6月26日
于京郊小村

神仙居住的地方

　　来到山口，太阳正在西落。神仙居的峰峦的尖顶，那些山峰与山峰之间的沟壑，都铺满了闪闪的黄金般的光泽。灿烂，绚丽，似乎又飘浮着淡淡的伤感。因为毕竟已是日落时节。我们是有点唯恐夜深花睡去，是有点秉烛夜游的心情的。但是，的确是仙居的美景吸引了我们，再加上仙居主人的美意，我们是不能错过这拜访仙人福地的情缘的。离开临海的时候，已是夕阳衔山时分，何况从那里通往神仙居还有相当的路程？我们决心要赶在天黑之前到达。也许仙人们已等待得太久。

　　那时满山闪着最后的辉煌，好像到处点起了迎客的灯笼。我们进了山。这样的静谧，这样的安宁，又是这样的神秘。两旁高矗云天的山峰，挟拥着一条蜿蜒的石板路，引我们进入神仙洞府。我们多么幸运，现在，我们已是神仙眷属。

　　神仙居景区的东面，两山夹峙，间隔仅百余米，是为东天门。自古就有传说，年年农历二月二十二，初阳自两峰之间升起，双峰如掌，其状若双手将太阳缓缓托起，是为"双峦架日"。东天门下有一洞穴，甚幽深，也是每年此日此时，那初升的太阳光会直穿洞底，蔚为奇观。这是神仙居向人们一年一度的祝福，人们称这是幸运之光。神仙居到处都留下了神仙的踪影，在西天门的挂榜岩上，有三个笔力遒劲的"仙"字。这真如前人诗所云："神笔朝天画不休，仙峰拔地瀑飞流。居然浙中一胜景，山青水碧谷奇幽。"神仙居到处都有仙人的身影，在水帘洞，神仙为人们留下了"仙水"。俗云："喝了神仙居二泓仙水，能活一百九十九。"仙居，仙居，仙人处处都在关照着人间的冷暖。

神仙居有四天门，其中南天门最为狭小，中宽仅50米。进入其间几疑绝境，却是峰回路转，别有一番景色。自此前行约20米，但见瀑布自天而降，形如漫空飞雨，极为壮观。瀑布旁有一洞，洞口窄如弯月，纵深几不可测，据说由此前行可达温州，俗称通温洞——温州是多么让人流连的地方，温州的山和水，还有温州的人，特别是那些能干而美丽的女人。通温洞同样是让人怀想的地方。

景区内瀑布甚多，象鼻瀑水量最大。十八湾中连续有十一级瀑布。雨后观瀑最为惬意。由此前行至鼋源瀑，从那里的天桥上远眺，却展现一个让人心动的景观：眼前但见两巨石如男女亲昵拥抱，这就是情侣石。神仙居是一所温柔乡。这里的大地和天空，这里的道路和树林，甚至这里无所不在的空气，都充盈着一种激情浪漫的气氛。到处都是一种爱情的暗示，到处也都充满着爱情的遐想和诱惑。

暮霭沉沉中，我们沿着鹅卵石铺成的小道蜿蜒行进，但见四围山岚氤氲，这竟是真正的神仙居所了。山路至此似乎略显宽敞，两山对峙，东西各有一巨石赫然眼前。东边一石，状若武士，宽厚的嘴唇，高耸的鼻梁，眉目清秀，是一位英俊男子。与之相对，西边一女斜卧，背拥青峰，鲜花螺髻，青丝如黛，美胸如峰，是一位千娇百媚的睡美人。男人英武，女人柔情，他们深情地互相欣赏着并想念着。阴阳际会，珠联璧合，这一对恋人，他们就这般含情脉脉地对望着，岂只是朝朝暮暮，却更是千年万载。不是"相看两不厌"，却更是"相对两忘情"了。其实，这是一组更为巨大的情侣石，至于前面说到的礌源瀑天桥上所见的情侣石，与之相比却是相当袖珍的了。

神仙居让人陶醉于情爱的，远不止上述那些传说、故事，以及随处可见的情侣石。神仙居是让人容易想象和产生激情的地方，最不可思议的就是这里的情侣林了。我们是由一条山间小径引入景区的。路的两旁是青青的山峦，两山的间隔，是沿着山坡生长的杉树林。令人惊诧的是，这里的每一棵杉树，都齐根并排地生长着成双的树干。它们相依相伴，同根并立，枝叶相交，共同享受着神仙播下的阳光和雨水的恩泽。那情侣树不是一棵，也不是两棵，奇怪的是，沿山生长的所有的杉树，都采取了这样的充满爱情的模样和姿态！这就是情侣林，由情侣林组成的情侣路，让人甜蜜，让人悬想，又让人痛苦的爱情之路。

神仙居的这条情侣路上，每一棵亲密倚肩的树的情侣，每一对由亲密的石头构成的永恒的亲密相爱的情侣，还有空气中充盈着的恋爱的氛围，给予每一个来访者永难忘怀的印象和联想——我们是神仙眷属，我们获得了或将要获得永恒的爱情！

神仙居祝福所有的客人！

2005年5月6日

于京郊昌平

平生最爱是西湖

——谨以此文庆贺《西湖》创刊五十年

天下湖山多胜景，平生最爱是西湖。我不讳言我对杭州西湖的这种热爱之情。要是我仅仅在杭州的朋友面前这么讲，我就难脱"逢迎"的嫌疑；我是在所有的朋友面前都这么讲的，我不隐瞒我的"偏心"。当然，这样说也许并不公平，南北西东，好去处多的是，凭什么单单会是西湖？例如桂林，阳朔画境，漓江帆影，难道就低了？不见得。再如我的家乡福建，武夷九曲，鼓浪琴韵，难道就低了？不见得。所以，也许，但愿，这只是我个人的偏爱！

世间万象，美是多向性的，美是复杂而非单一。人们的审美活动，角度也好，标准也好，都因人而异，也不会是单一的，更不会是统一的。所以人人心中都有他的美和爱，都有他的最美和最爱，此乃常理。想到这里，我心释然。至于西湖究竟怎么个好法，为什么成了我的最爱？这提问要回答起来，可就难了。

　　杭州西湖的美，它的可爱之处，千百年来，前人的笔下运用了多少清漪的、浓郁的、华丽的、淡远的、如歌如泣又如幻如梦的文字！再说，有白居易和苏轼这两位"前市长"的诗在前，又有袁宏道和张岱这两位风流名士的文在后，对于西湖的美，我又怎敢置一词！但既然西湖是我的最爱，我要是就此缄言，我又如何对得起它！我想，表达心中独有的"爱意"，应当是不论年代、辈分，也不论文笔优劣、妍媸的人们的权力吧？想到这里，于是又释然！

　　山水是处处都有的。但杭州优长之处是，它的水光山色是相融的，是互为映衬而相得益彰的。远山如簪花青黛，近水如明目秋波。湖水摇漾，轻抚着岸边的山，山边的树，树边的花和草，它们那浓浓的、深深的、浅浅的、淡淡的绿，一直铺向水天之中，竟连成一片无边的绿。在西湖的岸边行走，仿佛是行走在画中，每一步都是迷人的风景。行走在西湖，就是在享受着一场丰富的感官盛宴。

　　西湖的景色是无处不在的，也是无时不在的。不是一时，不是一地，也不是一季，而是一年到头的四季。西湖仿佛是一部永远都在播放的、永不间断的风景片。春天的西湖是用鹅黄嫩绿的柳枝，用姹紫嫣红含苞的、盛开的桃花装裹的。年年的春风送暖时节，整个的苏堤、白堤、杨公堤都被这些绿云红霞熏蒸得灿烂辉煌起来！

夏天到了，西湖有点热了。不要紧，无边的莲叶铺天盖地，其间装点着浅浅淡淡的荷花。西湖用晚风、用晨雾把那绿茵茵、粉扑扑的夏季的清凉驱来为你消暑。或是清晨，或是黄昏，从平湖秋月到花港观鱼，西湖的空气里都充盈这种清荷的芬香。西湖的空间全都被绿荫遮蔽着，那十里荷香就这样把所有的空隙都填得满满当当的。

西湖的秋天也是芬芳的季节，那香气是从平时默默守护在路边、山崖的桂树林中悠悠地荡出来的。那些平日低调的桂花树，此刻用积蓄了一年的功力，到底把一座杭州城温柔而甜蜜地"占领"了。你要是到满觉陇走走，那遮天蔽日的桂花雨，劈头盖脑地会把你"浇"晕！秋天是杭州最惬意的季节。不热不冷，清清爽爽，一路行来，看白云悠悠地飘过保俶塔的尖顶，身前身后，若有若无的桂香慰藉着你，此刻的人们，即使有旷世的忧愁也会抛到九霄云外的。

西湖的冬雪柔和得让人想起情人。它无声地飘落，在你的脸颊边，在你的嘴唇上，轻轻地抚摩着、浸润着你。杭州西湖的雪不是北方那种寒冽和凌厉的雪，西湖的雪是温馨而甜蜜的。断桥是看雪的最佳所在，此刻你若站在断桥岸边，看那纷纷扬扬的雪花静静地飞舞、飘落，你定会身心两忘。

雪中的西湖，水天空阔，望不尽的静穆清冽。它让人想起一岁的劳顿，真该静下心来沉思那无尽的忧乐，或者干脆约上二三好友，找一个僻静的去处，浅斟低酌，静享这无边的清逸。

写到这里，猛地一想，我应就此打住。我发现上面这些话，可能是在做无谓的重复。这些话当然不会是抄袭，也许更像是模仿，最有可能的却是重复，而且，极可能是拙劣的重复！面对前人和古人的才情，我是有些沮丧了：西湖原本就是不可言说的。我这是"手痒"到了不揣浅陋的地步，文人的积习，改也难。即使如此，我仍要坚持我的表达的权利——究竟为什么西湖会成了我的"最爱"？

答案应当是，是西湖对应了或者突显了我的审美情趣，这是一种心灵期待——当然，这种期待仅仅属于本人而与他人无涉。我走过许多地方，形成了自以为是的认知，由此引发并形成了自以为是的标准。我以为，天下山水，有以自然风光胜的，有以人文景观胜的，其优者则是二者兼而有之的。前者如九寨沟，以不加雕饰的自然风光胜；后者如泰山，以记载了历时数千年的人文景观胜；不论前者还是后者，它们的胜处都是不可企及的。

也有二者兼胜的，如敦煌，既有大漠黄沙的壮阔，又有洞窟雕塑的辉煌，这种自然与人文的契合也是让人惊叹的。

但比较起来，自然和人文结合得最完美，甚至可以不夸张地说是天衣无缝的，还数杭州西湖。西湖的自然美，是天然，又不止于天然。它的美，也是经历了千年不间断的积累、保护和开掘而成就的。最让人着迷的是，西湖的自然资源的丰富和人文资源的深厚结成了一个完美的整体。西湖处处有景，处处的景中有人，有事，有历史，有境界，更有情怀。这一点，是别处、别景所难以比拟，更难以超越的。

在西湖，我最流连忘返，而且百看不厌的是断桥。断桥的佳处不在它那"断桥不断"的命名，而是它无可言说的美感。设想若是春日的拂晓或是夏天的晌午，你行走在断桥弧形的拱背上，望那无边的春花秋月，无端地想起了那岸边曾经停泊的船，那船篷上滴滴答答的雨点，想起那美丽的油纸伞，那伞底发生的让人千古叹息的爱恨情仇。此时你所面对的湖山，岂不增添了更多的风韵和意趣！

也许此际你漫步在孤山脚下，孤山的枫叶如火，篱菊吐芳。此时从遥遥的西泠印社那边的一面画窗之下，溢出来缕缕幽幽的墨香。你再看那红的枫叶，洁白或浅黄的菊花，想起那窗里飘来的墨香，也许是从俞樾，也许是从吴昌硕或沙梦海笔底涌出的，你于是内心充满了喜悦。你因而更增添了你的游兴，也许你竟信步跨进了那位梅妻鹤子的隐者的庭院……

在西湖看景，往往看出了景中的人。不仅看出了人，而且领略了人的那份境界、情操和胸襟。西湖就是这样有看不尽的风景，又有读不尽的人。那湖岸竖立着秋瑾坚定而秀丽的雕像，西湖把最美的草坪，用来怀念这位在秋风秋雨中洒血的女侠。从她的身边往前走，前面到了灵隐，那里埋葬着岳飞。多情的杭州人怀念这位不仅会打仗也会写诗的英雄，连同忠义的古槐和战马也一同祭祀，而让那四个奸贼跪了千年。西湖的山水就这样充盈着忠刚悲烈之气。

然而西湖却是柔美的，西湖沿岸，灯火楼台，钗光鬓影，舞裙歌扇，那里传扬着历代让人神往的动人传说。那些才貌出众的女子，在西湖的青山绿水之间演出了无数可歌可泣的故事。前面就是西泠桥了，苏小小的香车宝马悠悠驶过柳荫，飘下了一路幽幽的香风……几千年来，她的美艳与才情，吸引了多少男人倾慕的目光！杭州的居民没有忘了这位多才、多艺又多情的女子，他们在西泠桥边为她修起了一座优美的亭子。

这就是我心目中的西湖，不仅它的美是多向性的，而且它的情也是丰富而宽广的。它纪念英雄，它也怀想美人，它高雅，它也平易，西湖是兼容的。它的胸怀犹如这里的青山绿水、春花秋月，为我们展示着四时不竭的美景，也展示着悠悠千载的高雅情怀。哦！让人情牵梦绕的、侠骨柔肠的西湖，我永远的最爱！

2009年2月28日
于北京燕园

绍兴：始料不及的感动

都说这里是水乡，都说山阴道上有望不尽的风景：乌篷船、小毡帽、莺飞草长的三月、迷蒙烟雨中的楼台、江南女子的绰约多姿。满眼风光我似未见，绍兴却以我始料不及的恢宏，向我昭示它的博大和富有。

这不是一座仅供观光的风景佳好的城市。城市的心脏至今尚在跳动，那些历史精灵，无时无刻不在引发我们一些庄严的思绪。苏杭式的婉约多姿此刻变得不重要了。我穿越绍兴的古老街巷，漫步在它美丽的水滨山涯，扑面而来的诸形诸景，让人想起的却是超乎它们自然景观所提供的启示。

在近代中国结束和现代中国开始的时代，绍兴在这一历史转型期送出了一位伟大女性。和畅堂二十三号是秋瑾的诞生地，轩亭口则是她的就义处。这位中国女儿的鲜血至今还传达着上一个世纪黄昏和这个世纪黎明时节的壮烈和悲凉。三味书屋和百草园让人记起那位向着无边的历史黯黑愤激抗争的孤独者。这颗不宁的灵魂不论后来以至今日受到如何的扭曲和凌辱，但始终显示着坚忍和严峻的性格光辉，向我们，向悠悠的后世。

然而绍兴传达的并非一味让人严肃的话题。进入沈园，依然是一股缠绵的凄清向人袭来。那一场发生在数百年前的爱情悲剧，天荒地老的恋情以及他年重会的无言哀伤，依然在我们心中激起震撼心灵的情感风暴。陆游当然有他的铁马金戈的豪壮，但一曲《钗头凤》却传达了万古不泯的悲怀。有趣的是青藤书屋，这里曾住着一位行为洒脱而又才气横溢的人。不安分的灵魂、惊人的才华和机智，以至于仿佛今日还飘荡着他豁达的笑声。

要是把上述几个古代和近、现代的人物放在一起观察，我们便发现绍兴给予我们震动的缘由。它的慷慨伟烈与周纳深重无论如何是动人的，但它同时拥有的缠绵感伤和倜傥风流，同样是那样久远地动人心弦。绍兴的包容性和阔大胸襟显示了中国文化的真质。江南的婉约温情之中又同时拥有博大深厚，绍兴在这样奇诡之中显示它的魅力。

这里我们还没有说到飘逸清俊的兰亭。曲水流觞的千古佳话，墨华亭池散发的古朴清幽的情致，那位书法大师的辉煌也与这座城市的名字联系在一起。要是我们步出绍兴东南数里之遥，再参谒一下背倚崇峦的大禹陵。那里的宏大氛势，一下子把这座城市的历史推向了远古的深沉。

至此，绍兴的话题，还没有完，我们来不及前去寻觅"五四时代"的北京大学校长蔡元培的足迹。这位以北大为基地、不怀偏见地把各学派人物吸引到自己周围的导师，他的不拘一格的兼容并包精神也是绍兴这座古城精神的自然呈现。蔡元培不过是以他自有的方式加以强调而已。

为了答谢绍兴给我的启示，在咸亨酒店我以北方饮啤酒的方式豪饮花雕。在座的主人和朋友那时也许不会理解我的心情。在绍兴，我有始料不及的感动。

桐乡月圆

　　早晨从杭州出发，我们很快就到了桐乡。桐乡的乌镇我是到过的，那里有茅盾先生的旧居。这是茅盾的诞生地，他在这里度过了童年和少年的时光。抗战前先生回乡，在此写过中篇小说《多角关系》等。茅盾的《子夜》是中国新文学的一道丰碑，他所创造的人物和细节，至今仍占据着我们的文学记忆。茅盾是桐乡的儿子、乌镇的儿子，他的智慧和灵感是江南水乡给予的，江南的风物化为了他的锦绣文章。

　　在我的印象里乌镇规模很大，沿街各色铺面都在营业，药铺、染坊、银号、成衣铺、鞋店、旅社，还有售小食品的，只是如今都披上了流行的色彩。当年拍摄电影《菊豆》的场所，如今已成了游人的一道风景，令人想起巩俐当时的风采。乌镇有水，流动着江南特有的韵致。在江南，水总是一缕情思、一股眷恋、几丝缠绵，水牵动着人的思绪，想起江南的雨丝风片，燕语呢喃，青青的桑叶，金黄的菜花，想起那婀娜地行走在阡陌上的江南女子，想起爱情，那绵延了数千年的生生死死的恋爱。

我们在桐乡只能有一天的停留。访问者兵分三路，有一路是乌镇，因为到过，我割爱了。我要去缘缘堂拜望丰子恺先生。缘缘堂我也是"到"过的，只不过那是在开明出版的书上。我喜欢丰先生清淡雅致的文笔，诙谐而又带着禅机的风格，在我的少年时代，这些优美的文字连同他的漫画，都是我的好友。缘缘堂在普通的旅游节目单里少有，这当然是我的首选了。

车子开往石门镇。眼前一道流水，人们说，这是大运河的支叉。有一道桥，叫木坊桥，桥栏上有丰先生的漫画。缘缘堂到了！丰子恺先生一袭长衫，静立院中，身前身后是鲜花和草坪。迎面一面墙，是他的题字："一片片的落英都含蓄着人间的情味。"看着这字，内心沐浴着先生特有的静谧的温暖，那是艺术家的智慧与佛家的灵性融会的结晶。轻轻走进客厅，时正中午，我们怕惊醒先生的午梦。案上书页翻着，先生在页面上写字："再版请照此本"，"有否再版价值，请为审阅，书名拟改为《西洋音乐故事及知识》以求符实"。时间分别是1952年和1958年。半个世纪过去了，先生还在工作。

缘缘堂临水而建，大运河在这里拐了一个大弯。沿河走去，约200米，大河现于眼前，帆樯接踵，烟波浩淼，岸边青草，水中莲叶，水光潋滟中，别有一种气象。河岸立有一碑，上镌"古吴越疆界"五个大字。桐乡地处杭嘉湖平原腹地，东边是上海，西边是杭州，北边是苏州，占尽了江南的大好风物，这原是产生诗情画意的地方。

告别缘缘堂，丰子恺先生客厅里的茶香犹在，我们又进了钱君匋先生的院子。"君匋艺术院"的题碑是刘海粟先生的手迹，遒劲而有力，体现了刘先生的一贯风格。钱先生也是桐乡人。他把毕生收藏的4000余件艺术精品贡献给了家乡。在二楼，艺术院的马永飞先生为远道而来的诗人们展示了"镇院之宝"——徐渭的泼墨大写意《墨梅芭蕉》。上有画家亲笔题诗："冬烂芭蕉春一芽，隔墙似笑老梅花。世间好事难兼得，吃厌鱼儿又拣虾。"

和丰子恺一样，钱君匋也多才多艺，书画、篆刻，以及收藏之外，他还是一位诗人，他也写新诗。也是在二楼那个房间的桌上，我无意间看到随意地散放着他的诗集：《春梦痕》。他的新诗起步很早，20世纪20年代就开始新诗的创作了。我顺手抄了《醉》和《赠远方的恋人》两首新诗，很代表了新诗初始期的风格，后者还是一篇歌词，篇后注明是邱望湘作曲。看来钱先生也有音乐的缘分。

　　江南桐乡有诱人的风景，这些景致因为有了文化的神韵而益显奇特。这里是著名的杭白菊之乡，想象中白菊花盛开时节的桐乡平野之上，江湖港汊之间，白花空蒙如雪，清香醉人千里，是何等迷人景象！我们在桐乡的这天，正是中秋月圆时节。桐乡的朋友们放弃了与家人团聚，与我们共度良宵。我们在这里举行了中秋赛诗会，诗人朗诵的间隙里，乐声起处，舞影婆娑。

　　这是非常美妙的夜晚，这是永生难忘的夜晚。这一年的桐乡月，竟是这般的清凉皎洁！这难道是丰子恺先生笔下的、悬挂在柳梢上的那轮明月么？时光如电，那月亮总也不老，总是那么清清爽爽，总是那么明明亮亮！

2007年9月25日记于浙江桐乡

2007年11月13日作于北京昌平

天边的云彩

　　一边是杭州湾，杭州湾的外面是东海；一边是钱塘江，钱塘江的一端，搂抱着美丽的六和塔，那就是杭州城。这江海汇合处，有诗人的家。早年他从这里出发，去了遥远的康桥，从那里带回了一片西天的云彩。这云彩连同东海的浪，钱塘江的风，缀成了一页又一页绚烂的诗篇。他从大海的涛声中获得了铿锵的节奏，他从钱塘江的波纹中获得了鲜丽的韵律，他又从康桥的晚霞中获得了灵感和情调。

　　没到海宁之前，就知道这里有个硖石镇，就知道镇上有诗人的家。几回梦里寻访，似乎到过这座小楼。楼上的地板有些旧了，脚踩过，发出吱吱的响声。而楼下厅堂当年从德国进口的花瓷砖，依旧叙说着昔日的繁华。硖石镇上富有的人家，走出了一位影响深远的诗人。从此，他也演出了短暂而浪漫的一生，他和几位美丽而智慧的女人之间的爱情故事，成为了中国新文学上空一道彩色的风景。

　　中午的庭院静寂，花有点忧郁。门前是诗人的半身塑像，洁白的汉白玉石，一朵洁白的云。他始终保持着飞翔的姿势。

拜访诗人旧居的这天，正是海宁观潮节的开始日。中午时分，潮水准时地从钱塘江口涌来。远处一道白线，把浩浩江水泛成了一道绵长的阶梯，这就是著名的一线潮了。白线逐渐向我们逼近，在我们面前似有所待，有点依恋，又有点缠绵。温柔的江南，连惊天的海宁大潮也这般地充满了柔情。

这也许只是一种心情，也许是因为期待过高，也许是因为看台离岸遥远，失去了现场感。其实，那潮水是撼天动地的，整座盐官镇在中午的潮涌中震颤。这响声是否惊了诗人的午梦？也许竟不，也许他正在天际云游。而我的思绪却似那潮水，一波过去，又是一波，如此日夜，如此年月，潮来潮往，永无止息。

盐官镇很有名，它不仅是观潮胜地，也是人文荟萃之地。这里有宰相府第，有袁枚题额的"国棋圣院"，有充满神秘气氛的海神庙——其间居然保存了清雍正、乾隆、道光、同治四代帝王的题赐。还有据说是李师师"青月醉花楼"旧址辟成的"花居雅舍"，占鳌塔屹立江滨，安澜园里有乾隆寝宫……

花团锦簇的盐官镇叙说着鱼盐丰茂造出文化奇观的道

理。财富的集聚，促成经济的繁荣，由此产生小说家、艺术家、诗人，由此再集聚、提高、升华而为大师，一代大师代表的是建立在经济发达的根基上开放的灿烂辉煌的文化之花。盐官镇上周家兜双仁巷有一座黛瓦粉墙的二进院落，1877年诞生了王国维。他以刚满五十的壮年完成了集史学家、文学家、哲学家、考古学家、辞赋学家于一身的光辉。这就是一种伟大的集聚，是一种可期而不可求的辉煌。

夜晚，盐官镇上空升起了节日的烟花，人们把海宁如花的潮水化成了天上绽放的欢乐，昨夜桐乡上空清朗的明月，那是丰子恺亲笔的描绘；今宵钱塘江畔这璀璨的火树银花，也许竟是来自徐志摩的灵感和节奏！

带着对海宁的感激和怀想，我们踏上了去往嘉善的旅途。在嘉善，我们径直去了碧云花园。鲜花丛中，青草坪上，充满诗意的插花比赛邀请我们参与。我们这一组，还有郑晓林和荣荣。我们带着海宁那座小楼的温馨，更带着钱塘江上的浪花和烟花，海的浩瀚，江的秀丽，还有康河柳荫下的那一抹晚霞的余光。我们的主题是：天边的云彩。

在轻盈的花篮上铺几片宽大的绿叶，几朵硕大的蜀葵是浅浅淡淡的黄。中间主体是茜色的艳丽的波斯菊，波斯菊热烈、奔放，在江南艳丽的秋阳下发出惊人的光焰，那是诗人炽烈的、无可挽回的爱情的燃烧。在康乃馨的顶端，为了突显插花的主题，我们选取了一枝金黄色的天堂鸟！我们自己为这惊人的点睛一笔而激动不已！

简练的色泽，单纯的构图，鲜明而深沉的寓意，概括了诗人多情多才而又浪漫的一生。他总是这么天真而热烈地写着、笑着和爱着，他活着的时候，快乐地写诗，快乐地恋爱。他远去的时候，留给人们的是永远的美丽，美丽是天边的云彩！金黄色的天堂鸟，这花的名字太吻合我们的构想：志摩是到天上去了，乘着天堂鸟金黄色的翅膀。

他是云游去了，云游而不知归！

对插花评比的结果，我们怀有信心。然而，我们失望了。我们没有得到"专业"的评委奖，而这原是我们的愿望。这也难怪，评委们也许知道徐志摩，也许竟还不知；即使知道了，他们又何尝知道《云游》；反过来说，他们即使知道《云游》，又怎能知道我们此刻那让心灵疼痛的怀念和敬意？我们的"落选"是注定的！

2007年9月26日～27日记于浙江海宁—嘉善
2007年11月14日作于北京昌平

一生中最美丽的月亮

我们来到水头码头的时候，天已经暗下来了。码头上弥漫着一片悄悄的欢乐而又安详的气氛。人们排队等候出航，准备出席今天海上的中秋约会。三只轮船，金龙号、马可波罗号和太武号，分别载着来自台湾、海外、祖国大陆，还有金门本土的宾客，大家次第登船。我们这些来自大陆的客人，享受着贵宾的礼遇，乘坐的是其中最豪华的太武轮。太武轮以太武山命名。太武山是金门的最高峰，它是金门的象征。

海面没有风，也没有浪，出奇地宁静。多情的海，仿佛是敛着气，也屏着声，生恐哪怕是一点点的喧哗也会惊走这半个世纪苦苦等待的甜蜜。这是公元2002年的中秋之夜，我们在金门岛。金、厦两门相约，今夜于海上举杯邀月共庆中华的团圆节。三艘满载着嘉宾的轮船出海了，我们的心中满怀着幸福的期待，就像是去赴爱情的密会。太武轮走在最后，这船的顶层，正在现场直播金门各界的中秋联欢，以及县长举行的酒会。张惠妹的演唱，月亮代表我的心，欢乐的舞，还有充满泥土气息的闽南的乡音……

南国的秋夜依然和暖。那风仿佛是酒，吹得人醉。我们穿的只是薄薄的正装，却经不住海上的风一吹，又有了夏季的热情。也许是过于殷切的盼望，也许是过于热烈的期待，盼望着那一刻，期待着那一刻，总是与宁静的大海成反比的不宁静的心情——那里，每一个人的内心都是一座激情澎湃的大海。

从厦门的何厝用肉眼可以望见金门，同样，在金门的马山前沿可以非常清晰地望见对面的炊烟和树林。金、厦两门，隔着的只是盈盈一水。可就是这一弯碧水，却把它们隔成了可望而不可及的两个彼此原本熟悉却显得陌生的世界。半个世纪的漫漫岁月，这海峡的上空，飞着的不是鸟，也不是云彩，而是炮弹，而是连绵不绝的爆炸声！这边的相思树，那边的甘蔗林，都在炮火中呻吟。无论是那边，无论是这边，孩子们都只能在战壕和坑道里上学。如今，我们终于来到了这里，这里住着的是自己的乡亲，一样的装束，一样的方音，一样让人垂涎的蚝煎和面线糊。这里原本就是我们自己的家园，这边是，那边也是。

我们是幸运的，我们的头顶没有了战机，我们的眼前没有了刺刀。白鹭从这边飞到那边，花香从那边飘到这边。记得诗人说过欧洲内陆的那面后来已拆掉的墙，曾把一个国家切成了两半，把一座城市拆成了两半，但风依然吹着，花香和云影都阻挡不了。我们这里也曾有一面眼睛看不见的墙，虽然无形，但却同样的深，同样的厚。但是月亮能够切割么？不能的。亲缘和血脉能够割断么？不会的。那么语言呢？方块字呢？还有5000年流传至今的文化传承呢？这一切能把我们分开么？

　　三艘从金门出发的船只开到宽阔的海面上停住了。金门的乡亲，还有作为大陆客人的我们，仿佛受到了感染，屏住了呼吸，静下来了，都把目光投向了海面。突然，厦门的方向升起了礼花，那是迎接我们的！礼花把大海幻成一座灯光织成的花园。晚九点，从厦门驶出的新集美号来到了我们的身边。这边、那边都放起了烟火，彩带、鲜花、锣鼓、歌声，把原先宁静的海面搅成了癫狂的世界！

　　这是两岸同胞隔绝50年之后，第一次在海上共度中秋的夜晚。象征着团圆的大月饼，从那边抬到了这边；象征着浓浓的亲情的金门高粱酒，从这边抬到了那边。几艘船靠在了一起，那是久别重逢的激情的拥抱。这船上的人来到那船，那船的人来到这船，这里没有边检，这里不需要证件，这里只有信任，只有一颗颗真挚的心。我们是赴爱情的约会而来的，难道爱情还需要审查么？

浪依然平静，风依然柔和，我们听不见浪花拍打船舷的声音。音乐在耳边，笑语在耳边，但海是沉思的。它在沉思这令几代人痛苦的长久的别离，沉思今天这来之不易的团聚，沉思这不易的团聚何时会变成日常生活的常态。平静的大海此刻也变得不平静了，烟花光影里，礼炮声浪中，我仿佛看见那多情的碧海闪动着泪花，它在为我们祝福，祝福这平安而宁静的夜晚年年岁岁、岁岁年年！

告别的时候到了，太武轮拉响了汽笛，它掉头的时候，船尾放起了美丽的烟花。在烟花的光亮中，我仿佛看见那含着泪花的眼睛，是快乐，是依恋，又有一些伤感。人们的双眼都是湿的。

我站在太武轮的船舷上，我望见了太武山的上空悬挂着一轮月亮。那不是我在峨眉山金顶上面看到的那一轮月亮么？那不是我在渤海之滨看到的那一轮月亮么？是的，它是。不仅是我所看到的今天的月亮，而且也是李白在万户捣衣声中望见的悬挂在长安城头的那一轮月亮，也是杜甫在客中想象悬挂在故乡窗前照着妻子湿湿的云鬓的那一轮月亮。但是，我认定，此刻我所望见的悬挂在太武山上的这一轮月亮是最美的。

　　美丽的月亮。我已经看到的、我还将看到的，所有的月亮都比不过它——2002年中秋节的夜晚，我在驶还金门的太武轮上望见的悬挂在太武山巅那一轮水晶一样的、玉石一样的月亮，今生今世，我所能看到的最美丽的月亮！

2002年10月31日
于北京昌平北七家村

清风明月下的东湖

　　校园里浓密的树丛好像是遮天蔽日的山峰，把秋天洁朗的夜空密不透风地全给笼住了。一行人就这么行走在不见星，也不见月的林荫里。我们的"导游小姐"是王涧，一位正在攻读博士学位的女生，她在前面引路。

　　这是中秋节的第二个夜晚，昨夜的欢乐已经退潮。那楼前、水边，亮晶晶光闪闪的供月的红灯笼和红蜡烛，以及那漫山遍野的青春的笑语欢歌全消失了。只把这座绿得发黑的校园，留给了那些悄声细语的情侣。我们就这样行走在有点寂寞，也有点温情的校园林荫小道中。

　　珞珈山校区的西北边界就是东湖。东湖在这里柔柔地伸出一只手臂，把珞珈山揽在了她的怀抱。此际，东湖水轻轻地拍打着这座驰名中外的学府的楼阶和小径。可以想象，在白日里，那漪涟的湖光，映照着螺髻般的珞珈山，会是多么迷人的风景！可是，此刻没有，只有绿得发黑的树丛，以及模糊的灯影映照的、依稀可辨的林间小道。

　　远处传来了隐约的人语声，王涧已在湖边立定了。这原是东湖南岸的一个码头。黑暗中，有几只小船在等待着我们。船是简单的，对面两道靠椅，没有什么装饰，倒也清雅。船尾立着船家，他负责摇橹。我们身边也有桨，可划可不划，就看各人的兴致。这里的好处是没有路灯，也没有如今到处可见的烦人的喧闹。只有依稀的波光、依稀的人影、依稀的桨声拍打着依稀的湖面。轻轻地、悠悠地，我们的三只小船就这样尾随着荡向了东湖深处。

　　靠近珞珈山的这一侧东湖是宁静的，它的微波轻轻地漾着。波纹是看不见的，波声也微弱到听不见。东湖仿佛是睡眼惺忪的美妇人，含情脉脉，若有所待。风，也是若有若无，而从岸边、山上吹来的桂花的香气，也是那种若有若无的、让人难以琢磨的迷离。这里不是游人密集的去处，这里被那些追逐热闹的人们疏忽了，或者遗忘了。这使我想起张岱《西湖七月半》中所描写的那些"看人的人，看看人的人"，他们把真正的西湖美景留给了夜深人静后的那几个清雅之士，不觉会心一笑。

　　我们这三艘小船——远近这湖面也仅有这三艘小船，轻轻地游弋着，桨橹拍打着温柔的水。没有浪，没有喧闹的歌吹，甚至也没有大声的说笑，就这样静静地、梦一般地，向着湖水黝黑的深处荡去。湖面是暗的，如黑色的丝绒，风是轻拂着的，吹动着发皱的丝绒。那丝绒缓缓地、软软地向前铺展开去，那上面闪烁着暗色的光亮，仿佛是无声地滚动着碎银。我们这才四处去寻那银光的来处。猛一抬头，一年中最圆的那轮月亮，早已悬挂在辽阔的中天！她在这一片黑色的软缎般的湖面上方，有点忧郁地，也有点孤单地悬挂着，静静地照着我们。俗谚云："十五的月亮十六圆"。虽然过了中秋，但我们今晚所享有的，却是一年中最圆、最明的月亮。

真应当感谢细心周到的主人，在紧张的会议的空隙里，为我们安排了这么诗意的节目。当然，更应当感谢的是今晚的月亮，她把最柔、也最含蓄的风景留给了我们，她似乎不再留意把这光、这亮，还有那轻轻地拂着的风赠给我们以外的别人——这辽阔的东湖的一角，今晚仅仅属于我们。

我们的船就这样静静地荡向了湖心。离岸远了，离远处那些花里胡哨的霓虹也远了，原先登船时节那仅有的一点市廛，也隐没在静静的水波中。这时只有大上的一轮明月与身边的无限清风，以及从远处的岸上飘来的淡淡的桂花的香气与我们为伴，我们就这样静静地听船家的桨拍打着水，静静地看月随船移，静静地享受着无形的风用无形的手给我们的抚慰。

如今的城市是越来越繁华了，也变得越来越喧嚣和躁动了。城市里已经没有明月，也没有清风。在城市，明月或者清风的空间已经被那些用钢筋水泥堆积起来的怪物侵占了——我们已经没有月明用以清心，我们也已经没有清风用以洗俗。她们已远远地离开了我们，我们如今只能在古人的诗中找到她们，或者只能在很少有人的地方找到她们。她们对于我们，只是记忆中的存在，或者只是诗意中的存在。"清风明月不用一钱买"，这是谁在说话？这是谁的诗句？清风，明月，而且无价，这对于今天需要花钱买瓶装水喝的我们，是多大的诱惑啊！

而这一切，一切我们在现实生活中失去的，今晚的东湖都慷慨地给予了我们！这无价的清风，这无价的明月，还有这无价的人间之情和友谊！今夕何夕，有此良缘？我的同代人，比我年轻的朋友，我们避开了一切俗世的烦忧，也抛却了拘谨的礼节，面对着这皎洁的月和清爽的风。东湖的这一个夜晚，我们都说了什么是不重要的，重要的是，我们拥有了这个夜晚。我相信，今宵、今世，我是不会轻易地把它忘却的了。

（后记：1999年9月25日，农历己卯年八月十六日，中秋节过后的第一夜，"全球化趋势下的文学与人"会议的与会者，泛舟于珞珈山下，东湖之上，极尽一夕之欢。如此赏心乐事，不可无记。众人兴至，议作同题散文以纪其盛，谨作附记于上。）

1999年10月10日
记于北京大学畅春园

江都河豚宴记

那年到南京，南京的朋友一时兴起，要拉我们去江都吃河豚，说走就走，容不得半点迟疑。为了赶上这席河豚宴，我们过扬州时，在瘦西湖也只是草草地绕了个弯——好像是在应付似的，至今想起，还是觉得挺对不起那二十四桥明月的美景——就这样，我们一口气赶到了江都。当日的江都还是单列的市，现在已是扬州的一个区了。

朋友的河豚宴，席设江都的人民饭店。那是一家非常一般的饭店，名字很一般，店容也很一般，是一副解放初期国营店的老旧面孔。门脸临街，没有任何装饰，倒有一副酒香不怕巷子深的自信与笃定。因为是熟人，我们由主人娴熟地引导走胡同边的后门（好像有点神秘），过工作间，过厨房，进入楼上的一个单间，一切都是不加修饰的随意和简陋，如同它那叫做人民饭店的名字和它那太不在意的外观。

我们本来就是为美食而来，是用不到讲排场的。对于这些成了精的"吃货"（用现今流行的称呼）来说，只要食材和烹调到位，再简陋的环境也都不会影响他的食欲和味觉的。主人为这桌宴席倒是做了精心的准备，养殖的，野生的，清蒸的，红烧的，各个品种，各种做法，上桌时主厨先"试吃"——这是当地吃河豚的规矩，为了减除食客的顾虑——一切都有板有眼的。

河豚宴的主角当然是河豚。在主菜未上桌时，端上了一只热气腾腾的奇大无比的砂锅，里面是每只大如拳头的清炖狮子头。狮子头是淮扬名菜中的翘楚，在中国菜中北方的四喜丸子，潮汕的牛肉丸，各地大大小小的煎的、炸的、红烧的、清煮的类似的菜肴，都没有扬州狮子头的名气大。这砂锅的突袭当然给我们以惊喜。十只大狮子头，汤是清的，不见油星，上面漂着几片豌豆苗，也是清清爽爽的，如同清澈的湖面上，微风吹皱，小小的波纹上的几叶绿萍。

再看那狮子头，恍若长在水中央的大花朵！细细品味那狮子头，六分肥，四分瘦，斩成肉碎，再加上荸荠，也是剁成碎丁的。没有过油，因此底色是白色的，那瘦肉显出淡淡的红，白里透红像是含苞待放的绣球花！是否搅上了蛋清我不知道，它给人的口感却是准确无误的——糯糯的、软软的、松松的、入口即化却又是脆脆的，平生没吃过这等美味的狮子头。

江都人民饭店，我记住了这个不起眼的店家，这个有点神秘的从巷子进入后门，再登楼进入"雅间"的人民饭店。那天，我一口气吃了两只大狮子头——边上的朋友见我嘴馋，把应当是她的那一只也让给我了。至于那次豪华的河豚宴是什么滋味，那厨师精心制作的频频上桌的各色各样的河豚各是什么特色，我已浑然不知，我是彻底地被一大砂锅的绣球花也似的、清清爽爽的狮子头迷住了。

这应了那句成语：喧宾夺主！江都回来，再遇到肉丸子、四喜丸子、鱼丸子、素丸子或者煎的、炸的、炖的、勾芡的、清煮的，无论产自何地、出自哪家著名宾馆的叫做狮子头或不叫狮子头的，我一概认为，天下的狮子头只有这家的最地道。我下定决心，我一定要重新回到江都，回到人民饭店，再从那后门进去，上楼，找到那间"雅座"，不吃河豚，只吃狮子头！

我的这篇文字，不应当是"江都河豚宴记"，更准确地说，应该叫"人民饭店狮子头记"。

2012年7月21日
于北京大学

一路觅食到高邮

　　自从那年在江都人民饭店吃了那里的砂锅狮子头，不觉十多年过去了。十年来我总是对此念念不忘。这次来到扬州，恰好被安排住在江都。我难忘"旧好"，告诉江都的朋友我要寻找十多年前我吃过的那家饭店，吃那家饭店的砂锅清炖狮子头。我说，我不想那里的河豚，我只想狮子头。朋友一听，笑了，那饭店还在吗？还叫人民饭店吗？还做你爱吃的狮子头吗？再说，扬州到处都做狮子头，就你说的那家好吗？你这是"恋旧"！我语塞。我的朋友安慰我，你会吃到好狮子头的，比你十多年前吃的还好。

　　从到江都的那一刻开始，我的朋友每次点菜，总要点狮子头，他们安慰我，也想说服我。我也平心静气地接受他们的好意，也许是我的孤陋寡闻，也许是我的执意和偏见，我暗暗告诫自己。但是，一路吃下来，宾馆里的，外边宴会的，还有那日在瓜州镇由邗江区文联在狮子楼宴请的全鱼宴特做的，传统的，更多是改良的，清汤的，加了酱油的汤的，干烧的，油炸的，加虾仁的，垫菜心的，凡此等等。我仔细品味，细加比较，觉得味道全变，完全失去旧日的那份滋味了。我向朋友表达了我的失望，他们依然笑我，以为这种怀旧的心情是很顽固的，也是可以理解的，老人吧，都这样的！

我们下榻的宾馆位于江都新区，人民饭店是老市区，其间有一段路程。我尽管想，却无法自行"微服私访"。但我的心是坚定的，十多年了，这番重来，我一定要找到这家令我历久不忘的饭店。说来也巧，机会到了，那日有一个活动是在老市区。车子驶过大街时，我一眼就看到了路边的那家食店，还是老招牌：人民饭店！门脸什么的，都没变，就是多了个彩色灯箱，上面依然大字写着"人民饭店"。都什么时候了，还叫这过时的名称，不怕影响生意吗？

这正是店主人的自信，不趋势，不随俗，不追逐时髦，依然故我：老字号，老传统，老手艺，老顾客。我们不妨换个位置想想，打从解放到如今，有多少工农饭店、红旗饭馆、长征餐厅、人民饭店，都纷纷换了新派的、流行的名字了，像江都人民饭店这样数十年坚持不改的，该有多大的定力，该承受多大的压力？要没有充分的信心，要没有敢于吃老本的真本事，能坚持到今天吗？不讲远的，单就我上次造访，也已是至少十年过去了！这十年，大家都在不断地"与时俱进"，而它偏是坚持原样。

找到了人民饭店，我如旧友重逢，自是欣喜不禁。我于是建议主人，今天中午我们就在人民饭店用餐吧。主人看了看这门脸，面面相觑，面有难色。这次他们不再说我"恋旧"了，他们委婉地、嗫嚅地说，不行的，请你，这有点寒碜，不够档次，再说，你看这环境，上级要批评我们的。我再次感到无奈，我毕竟是客人，客随主便啊！

同行的叶橹教授见我失意，又感我情真，连忙安慰我，并且承诺亲自陪我去高邮，他要让我吃到最好的狮子头。叶橹先生青年蒙难时在高邮住过多年，高邮是他的第二故乡，他熟悉高邮，对那里的饮食也十分自信，我是信他的。随他到高邮走走，也探望一下汪曾祺先生的家乡，借此品尝美食家汪先生引以为豪的高邮美食，我听从了叶橹的建议。至于那里的狮子头是否"最好"，就不敢说了。

一路觅食到高邮。由于叶橹先生的精心筹划，我是吃到了一桌极好的美食。那家的饭店取名随园，可知自命不凡。店主是对淮扬菜肴很有研究的中年人，那天他亲自主勺：红烧河鳗、雪花豆腐、软脰长鱼、白汁素鸡，十多样菜，都很到位。也做了一款炖狮子头，是过了油的，却吃不出我当年吃过的那种风味。主人盛情，不能扫大家的兴致，我只好默然。

我在扬州前后待了一个星期光景，人民饭店是过门而不入，空留下遗憾，还有人们对我的"恋旧"的误解。带着这种怅惘的心情回到了北京。到家，接到诗人曹利民来自江都的一个电话。她说，前天在机关办公室说到谢老师惦记的人民饭店的狮子头，同事们都说，全扬州做得最好的就是这一家。

难怪它坚持不改店名，人民饭店就是它的品牌，也是它的名牌。

2012年7月21日
于北京大学

大风雨登黄山莲花峰

一朵云也看不见，一棵松也看不见，一片石也看不见。山上山下是混沌的一片。这是我第三次登黄山的全部印象。

我们从灵谷寺乘缆车抵白鹅岭的时候，但见山上到处贴满了布告，说是黄山已经一个多月没有下过雨，目前是火警发生的危重时期，布告警告游客杜绝一切火源。可就是这一天，就是我们来到黄山看到了火灾警告的这一天，黄山大雨。

我出来有一段时间了，我已倦旅。从北京到成都，再从成都到芜湖，参加了几个会议，做了几次讲话，会议虽有安排，主人虽有挽留，想起手头没有做完的事，心绪甚是不宁。黄山我是不想去了，我希望能买到一张回北京的机票。会议安排者做了努力，结果是没有买到。我无法可想，只好决心和大家一起登山。朋友们安慰我说："这是黄山多情留你。"我想也是，都来到黄山脚下了，何不乘兴一游？都说是，谁谁谁百岁十登黄山，我与之相比，应该是年轻多了，人家都能做到，我为何就做不到？想及此，顿时也兴奋了起来。

天说变就变，谁料到才到白鹅岭，一开始是稀疏地下了豆大的雨点。顷刻间，雨点愈下愈密，竟像是黄豆般地打在脸上。我有几次登黄山的经验，以为绝对要轻装。登山会淌大汗，衣服也是干了湿，湿了干，用不着多带。结果我与众人有别，十月底的天气，依然是单衣短袖，一袭夏装。这下雨下得紧了，风一吹身上骤寒。原先不想穿雨衣的我，不得不在山上以高于山下数倍的价位买了一件披上。我自我解嘲："黄山留我，是要我给久旱的它带来一阵喜雨。"事情就这么巧。若是我顺利地飞回了北京，对我个人来说是失去了一次难忘的大风雨登山的经历，而对黄山来说，它的损失更大，也许它依旧紧张地持续着令人心焦的旱情——因为没有人能造出这一场大风雨来。

雨大，也罢了。雨是夹着风的，风一来，人就站不住。黄山是有很多让人心颤的险仄之处的，因为是在雨中，什么也看不见，也就无所谓胆战心惊的形容了。其实风更可怕，在那些壁立千仞的山道转弯处，在那些万丈深渊的悬崖绝壁上，风就那么一吹，人若稍有闪失，后果不堪言说！这一切并没有难住我们，我们都艰难而又快乐地走过来了。

该死的是那件用高价买来的雨衣，它不仅没能为我遮蔽风雨，反而成了我的累赘。风夹带着雨水，从我的领子口上往里灌，手机、照相机、一些害怕浇淋的物件，一切都照淋不误。更糟糕的是，它反过来影响了我的行动，那里外都是水的雨衣，它粘着你的胸和背，纠缠着你的腿，使你在风雨中无法迈步。我愤怒了，把那件破雨衣从身上扯了下来，宁可让身体暴露在风雨中，让雨水痛快地从头到脚往下浇。这倒应了我原先的想法：在黄山毕竟不能多穿衣。

因为根本看不到所有的一切，什么云海，什么奇松，什么怪石，什么始信峰的秀丽，什么鲫鱼背的惊险，一切的花和树，一切的云和石，一切都只是雨雾中的迷蒙和苍茫！这番游黄山，可算是创了纪录——我们什么都没有看到，除了不见尽头的雨水。因为看不到一切，风雨中我们走得很快。汗水，雨水，真的是干了湿，湿了再干，对于我们来说，此时的急走没有别的目的，目的就是赶路。同伴们的行走速度参差不一，现在都已星散。我们是走在前面的几人，我们发了狠，既然黄山如此款待我们，我们干脆就拿出威风来给它看——我们的目标是攀登莲花峰绝顶。

莲花峰是黄山三大高峰之一，平日登临尚须极力奋斗，何况今日这满山满谷的飞流急湍、劈头盖脑的狂风暴雨？几次上莲花峰从没有这般漫长的感觉，盘山道无尽地弯曲，走不到头。而且有风，从前面，从身后，从不知的什么方向，推搡着我们，摇晃着我们，它们想动摇我们的决心和毅力。而我们只是前行，再无退路。大约用了一个小时，我们终于登上了莲花绝顶——当然，这里仍然是空蒙的一片。我们看到了两个人，是在峰顶上设点营业的摄影师，尽管没有游人，即使有了游人也无法拍摄，这他们知道。但他们坚持着，两人相拥，用雨布遮盖着摄影机，而他们的身上则是一样地雨水横流。这就是我们在莲花峰顶看到的唯一的风景。

大风雨中我们急行，经飞来石，登光明顶——这是黄山第一高峰。光明顶下来，一线天，百步云梯，抵玉屏楼。此际山路渐趋平缓，我们在玉屏楼的台阶上会聚，相互庆贺。这毕竟是平生难遇的一种大风雨登黄山的特殊经历。

孙文光是我旧日的北大同窗。此番盛情邀我参加芜湖盛会，会后又亲自陪我游览。在孙君，已是七登黄山了，这次伉俪结伴为陪我冒着风雨再一次登临，状极感人。归后又有诗记此盛事。诗曰："翩翩小谢负诗名，唾玉风生四座倾。履险更惊腰腿健，莲花峰上踏云行。"同登莲花峰的，还有上海的聂世美君，他是近代文学的专家，也有七言古诗《大雨登黄山莲花峰》一首见示。聂君诗中对我的赞誉当之有愧，他写了我"短袖单衣冲风雨"的情景，他感慨说："此情此景知难必，快意翻从偶然得。振袂还复下山来，始觉险绝起股栗。股栗心战只此回，人生感悟响轻雷。岁月长河原平缓，一登黄山显奇瑰！"

真是，这样的经历不可重复，也许一生只有一回。

（附记：2002年10月17日，"中国近代文学学会第十一届年会暨安徽近代文学研讨会"组织会议代表登黄山，是日大雨。）

2003年4月5日
于北京大学畅春园

登梵净山记

　　梵净山在贵州境内，海拔2500多米，比黄山还高出700余米，是云贵高原境内第一山。梵净山和别处不一样，它以"步"来做地名的标识。这山因为一般的山坳都没有名字，所以就出现"三千二百步食宿店"之类的名字。梵净山所谓的"步"，指的是它的石阶。从山下往上走，每登一个台阶为一"步"，平地前行，不论多远，也就是一"步"。山势崎岖，登山途中难免也有下行的时候，那么，下行不论多远，都不算"步"。登梵净山绝顶，总数是7896步。这是准确的数字。就是说，单程上山有大约为7900步的石阶要走，加上返程的，那就是要步行大约16000步。都以为下山容易上山难，其实，下山的难度绝不比上山小。很明显，当人的精力发挥到了极限，极限以外的一切，都是一种超支。这时不说一步，就是半步，也都有登天之难！大凡有登山经验的人，都清楚这一点。

　　梵净山没有受到太多的"开发"，这是它的幸运。所以这里保持了极好的植被。整座山都被原始森林覆盖着，是一片青翠的、绿涛起伏的森林之海。那天我们登山的时候，雨一直下着。身上的汗水和外面的雨水，湿成了一片。我尽力地保护着手机和相机，其余的都置之度外了。我一个人始终走在最前面，这是我登山的习惯，人多了互相受牵扯，还要说话，还要停歇，而这一切都要付出体力，最终影响登山的成败。每次登山，我都谢绝乘坐滑竿，一般也不坐缆车，除非是集体行动。现在旅游景点修缆车成风，不高的山也修。每次遇此，我心都不悦，我为这人为的对自然景观的破坏而痛心。现在的人很轻浮，什么都想速成！

我就这样一个人在雨中走着。过了3200步，再过3600步，行至4500步，这里方才有了一个真正的地名：回春坪。此时天已昏暗，这里距离极顶还有大约一半的路程，不能再往前走了。回春坪是我们今天要住下来过夜的地方。我到达回春坪的时候，同游的大部分人还没有上来。雨下得极大，屋檐滴水如瀑，我就在屋檐下，以雨水冲浴。没有毛巾，没有香皂，就把身上的衬衣脱下来当毛巾用。人们还没到，我就钻进了被窝。因为我已无衣物可穿，随身的衣服都用来做"毛巾"了。

回春坪的此夜，大雨倾盆。宿舍的门几次都被风吹开，雨水发疯似的往屋里灌，这一夜仿佛是在惊涛骇浪中度过。到了天明时节，雨还是没有停歇的意思，我们是冒雨继续上路的。我依然走在最前面，有两位年轻一些的朋友，大概是为了照顾我，与我同行。过了镇国寺，低头赶路的我们竟然茫无所知，在逼近梵净山极顶的双岔路口，我们走错了路。我们径奔通往蘑菇石的一条路。

此时山风极烈也极悍，它充满了恶意，竟像是下了决心要把包括我们在内的一切摧毁，并推到天外去。这里是高山草甸地貌，周围没有一块岩石，没有一棵大树，甚至连灌木也没有。一条崎岖的小道，沿着一条陡峭的山脊通往绝顶。我们无所依托，也无所遮拦，完全裸露在暴风骤雨之中。风雨像是发疯似的向我们扑来，我们无法站立，只能匍匐着往上爬行。风势实在太猛了，爬行也不行，风力之大也可能把爬行的人像推动一根树枝那样推下山。这时，才感到人在自然界面前的渺小。我是下定了决心要登上梵净山的极顶的，我狠下一颗心，把身子倒过来，干脆坐在地上，倒着身子，低伏着头，一步一步地倒行着往上挪动。

这通往蘑菇石绝顶的山脊，它的两边也许是悬崖峭壁，也许是万丈深渊，幸亏有了这么大的雨雾，它把一切可能让人失魂落魄的景象全遮蔽了。周围是灰黑灰黑的云天，我感到此刻我绝对是孤立无援的，我只能依靠自己微小的力量，抗争着来自大自然的无边的狂暴。为了前行，我只能在这一片疯狂的迷茫中，屈身坐在地上，艰难地往风雨迷茫中的山巅挪动——这就是我此时此刻的状极狼狈的"攀登"！我的两位同伴是尽责的，他们一人在前，一人在后，护卫着我。下山的时候也是这样，他们一前一后，拉着我的手，三人全都弯着腰，低着头，用拼凑起来的力量，抵御着凶狠的高山风。

非常遗憾，我们拼死抵达的并不是梵净山的金顶。这只是蘑菇石，这里有著名的"万卷书"景点，但这里不是我们要攀登的目的地。我们走错了路。我们白担了这份危殆了。站在蘑菇石的绝顶，风是一阵紧似一阵的狂烈，雨点斜着扑向我们，也是一阵紧似一阵的暴戾。这山顶太危险了，我们不敢久留，赶紧下撤。

到了梵净山不登金顶可就太冤了。特别是在这样的暴风雨中，我们已经经历了这么多的"苦难"，所谓的"行百步，半九十"，我们能这样半途而废吗？这是不言而喻的，也是不可更改的。顺着原路往回走，我们从镇国寺的另一个方向向金顶冲刺！这就是此时此刻我们的选择。我们仍然寻找着通往金顶的路，绕过了一座冲天而起的危峰，它矗立在九霄云上，是真正的壁立万仞。因为是毫无遮拦的一座孤峰，山峰的周遭全用铁练围住了，人就手抓住铁练小心地走，但即使这样，那猛烈的风也还是让人胆战心惊。我亲眼看到一位当地的妇女，在铁栏边上她的背篓被风吹起，如一面迎风的旗，那情景真让人惊心动魄！我们未曾却步，还是小心翼翼地绕过那铁练封锁的、危立天际的孤峰。

绕了这山峰大约一圈，终于逼近金顶。前面已无路可走，迎面又是一柱陡峭的巨石，有一道长约五十米的人工凿就的笔直的石阶，石阶的外面安装了用以攀登的铁梯！这是通往金顶的唯一的路。就是说，此时所有决心登顶的人，都必须在这样的急风暴雨中，一人的头顶着另一人的脚跟，垂直地攀援这座铁梯。须知这是怎样的攀援啊？一百八十度的垂直，八级以上的巨风，劈头盖脑的大雨……充满了登顶激情的我们，都在这样严重的局面面前停住了脚步！

梵净山绝顶就在咫尺之遥的上方，等待着我们的到来。我们已经历了那么多的"生死考验"，真的就差那么几步了，但是就这么几步，却令我们望而生畏！这样在极险峻的陡直的石岩上凿出的阶梯路，即使在平时也令人丧胆，何况是现在这样的风雨交加。此刻三人对望，不约而同地说出了最不愿说的话："不上了。"这在我，是平生第一次做出这样"懦怯"的决定。对于我这样历来秉信前进哲学的人，这的确是极为严重的，也是极为遗憾的"退却"。

到了梵净山，我用整整两天的时间抵达金顶，却在仅差几步的关键时刻停下了脚步，为此我留下了终生的遗憾。由此我也领悟到：不是所有的时刻都应当前进，而是要在非常关键的时刻选择——尽管你可能极不情愿——后退。这是否就是这场梵净山的大风雨给予我的启示？我把这样的启示电告我远在英国的年轻朋友，她正在为一场没完没了的笔墨官司苦恼，我告诉她：后退并不一定就是失败，有时也是胜利。

2003年12月31日

于北京昌平北七家村

花朝月夕

辑三 向诗歌致敬

那些空灵铸就了永恒

——在第三届中国诗歌节诗歌论坛上的发言稿

唯有精神久远

李白说:"屈平词赋悬日月,楚王台榭空山丘"。他是说,即使是贵为天子的显赫与威仪,也是短暂的,而屈原的诗歌与日月同在。他说了这些话,感到意犹未尽,更强调说,"功名富贵若长在,汉水也应西北流"。李白的话是对的,世上的一切,包括人们非常看重的荣华利禄,也都只是过眼烟云。能称得上是永远的也许唯有他的酒,以及酒造就的他的诗,以及诗造就的人类高贵的精神和充满幻想的诗意世界。

我曾几次沿着唐诗的长廊前行。有时是从古长安出发,有时是从兰州出发,经八百里秦川,或是漫长的河西走廊,想象着当年在长安市上放浪形骸的那些诗酒的精灵们,迷醉于他们沿路撒下的芬芳华美的诗歌的吉光片羽。武威过后是张掖，酒泉过后是玉门，往后是安西和敦煌。从敦煌再往前走，就是那时的西域了。闺中望月的缠绵，醉卧沙场的壮怀，大戈壁的烽燧依稀可辨，心中默诵的是当时气象万千的诗句："长风几万里，吹度玉门关"，"劝君更尽一杯酒，西出阳关无故人"，"羌笛何须怨杨柳，春风不度玉门关。"①此时想起了诗中的玉门关和阳关，竟是无限地沉醉。

那日黄昏时节到达敦煌。三危山屹立苍穹，如一尊巨大的佛像，接受四方香客的朝拜。这里是沙洲遗址，这里是沙枣墩遗址，这里是日渐浅涸的月牙泉，这里是驼铃叮当的丝绸古道，可是那些诱发美丽诗句的阳关和玉门关却是湮没不存了。对着茫茫沙碛，但见一只鹰在天际寂寞地盘旋。

学者和诗人毕竟不同，学者会用平静的口吻讲述那历史的沧桑："敦煌、阳关、玉门关及丝路通流之盛，去今千年以远。昔时故迹，或隐或没；古人亲见，今多茫然。"②考古学家和敦煌学家们认为古迹的埋没是自然之理，他们几乎摒除了所有情感的缠绕，用近于"无动于衷"的语气讲述那无情的迁徙和消失："不唯现在的玉门县城不能认为即太初

---

① 以上引用的诗句，按顺序分别引自：李白的《关山月》、王维的《送元二使安西》，以及王之涣的《凉州词》。

② 李正宇：《敦煌、阳关、玉门关论文选萃·序》，甘肃人民出版社，2003年。

以前的玉门关，就是汉玉门县城也不是汉代太初以前的玉门关。"①

那么，旧时那些引发诗人千古兴叹和寄托征人万里乡思的古塞雄关在哪里？我们应向何处寻觅它们的踪迹？时间告诉我们，持久和永恒的并不是人们通常看重的那些，甚至也不是此刻牵萦着我们心灵的地表上的留存。那一切，都随着岁月的流逝而消弭在历史的风烟之中了，正如此刻我们寻觅玉门关和阳关而无所获一样。而诗歌证实了李白的断言，奇迹是诗人创造的。那些在历史的风烟中隐匿和消失的，却令人惊喜地因诗人的锦心绣口而永存。

现在不是诗人向历史学家求证和寻觅，而是反过来，是学者向着诗人求援了。当学者在现实的地图上找不到两关的迁徙痕迹时，是诗歌向他们伸出了援助的手。这里有一个实例。考古学家考证唐开元天宝时玉门关的位置，认为应当是与贞观时相同的。他引用的不是文化的遗存，也不是史籍和文献，竟是岑参的《玉门关盖将军歌》《玉门关寄长安主簿》和《苜蓿烽寄家人》这些"史（诗）料"。

诗人的作品为考古学家的论证提供了关于时间、人物、

----

① 劳干：《两关遗址考》。见纪忠元、纪永元主编：《敦煌、阳关、玉门关论文选萃》，甘肃人民出版社，2003年。

地貌、节庆和具体场景，甚至时代氛围的有力"实证"。下面引用的还是岑参的诗篇《敦煌太守后庭歌》：

> 城头月出星满天，曲房置酒张锦筵。
>
> 美人红妆色正鲜，侧垂高髻插金钿。
>
> 醉坐藏钩红烛前，不知钩在若个边。

学者依据诗中描写的情景考据：自苜蓿烽而去，便至敦煌。城头月出时的宴会，应当是上半夜月在上弦的时候。即应当是在正月十五以前。藏钩行酒，是当时岁腊的风俗，时方犹是新年，春酒送钩也应是新春的宴饮。"所以岑参的路，是从现在安西附近，即玄奘所出的玉门关西行，正月初一沿葫芦河过苜蓿烽，正月十五以前到敦煌。现在从安西到敦煌，仍有沿河走的路……所以贞观到天宝，玉门关未换位置。"①这就是说，物质的玉门关消失了，而精神的玉门关却跨越时空，奇迹般地在我们的心灵中永存。

上面举的那个例子，只涉及中华诗词魅力和创造性中很

---

① 劳干：《两关遗址考》。原载中央研究院历史语言研究所集刊，11本，第287～296页。转引自纪忠元、纪永元主编《敦煌、阳关、玉门关论文选萃》，甘肃人民出版社，2003年，第91～97页。

小，甚至是很不重要的部分。诗歌毕竟不是历史，也不是天文和地理，它提供的主要不是"实有"，而是"虚有"，是精神和气韵。常识告知我们，诗歌是属于心灵的，它的实质和旨归是人们的精神和想象。诗歌会神奇地改变一切。所有的眼前景、身外物，在它那里终将化为恒久的心中情。正是由于它是并非"实有"的"空灵"，于是它能与日月同寿而归于永恒。当然，我们此刻是就诗中的优秀者或杰出者而言，而不涉及那些平庸的作品。平庸的作品不会久远。

伟大诗歌源流

我们为中华诗词自豪。因为它给了我们以智慧，而且更给了我们一颗世代相传的浪漫的诗心。中华诗词铸就了中华民族的灵魂，它使我们擅于幻想，使我们在精神生活中拥有高雅的情趣和隽永的韵致。我们的孩子很小的时候就受到这些诗的熏陶和感化，诗歌是他们想象力和智慧的启蒙。当他们并不识字的时候，中华传统的歌谣就通过母亲或祖母的口，传到了他们童稚的心田。

稍后就是李白他们了。中国的孩子很早就学会想象天上的月华——不是天文学上的月球——而是诗歌世界中的天上宫阙、千里外的婵娟、白玉盘、与我共舞的诗性的天边月圆，是如霜、似水、漂浮在春江之上照着花林、照着流水的、让人想家的故乡明月。我们的孩子很早就学会了诗意的幻想。他们的天空是开阔的，也是空灵的和浪漫的。中华诗词哺育和滋养了中华民族一代又一代的子孙，这些诗词融入了我们的血脉，开启了我们的幻想的窗口。

诗词把大自然人性化了，它使我们具有了一种天然的对于自然风物的心领神会，我们几乎是与生俱来地能够用审美的、诗性的目光，审视我们拥有的和想象的一切，从而灵动地、潇洒地，同时更是飘逸地感受和体验那些空灵的世界。其实用不着别人的启示，我们几乎会"无师自通"地从乍放的柳芽中想象那把巧夺天工的无形的"剪刀"①；我们也能在迷蒙于有无之间的草色中，感受到季节悄然的转换②；至少在1000年之前，我们的诗人就教我们用超功利的目光领略和欣赏春天的江、江上的月、月光里飘散的淡淡的雾，从而发出悠长的叩问：

---

① 贺知章《咏柳》："碧玉妆成一树高，万条垂下绿丝绦。不知细叶谁裁出，二月春风似剪刀。"

② 韩愈《初春小雨》："天街小雨润如酥，草色遥看近却无。最是一年春好处，绝胜烟柳满皇都。"

江畔何人初见月，

江月何年初照人？①

诗歌培养了我们优美的心灵、高雅的情操，使我们即使是面对极度的艰难，也能把那一切的困苦转化为优美和雍容。杰出的诗歌不仅诗化了我们的人生，而且健全了我们的民族的心智，它的影响贯穿在中华民族的全部历史中。事情也许不是从李白他们开始，而是更早，也不仅是先秦，甚至在上古，我们有长达几千年的完整的诗史。在最早的《击壤歌》那里，我们就听见了我们的先民无羁、洒脱、自由而浪漫的内心召唤。②此诗表明古代的士大夫和今日知识者的"清高"，或者对于权力的警觉与疏离，其自有源。

《诗经》是中国最早的一部诗歌总集，它的年代大约是商末周初至春秋中叶之间，③至少也是距今三千年上下的作品。把诗推到极为隆崇的地位而被视为"经"书，也许是中

---

① 张若虚《春江花月夜》。

② 《击壤歌》："日出而作，日入而息，凿井而饮，耕田而食。帝力于我何有哉！"

③ 商朝帝辛（纣）于公元前1075年即位，周朝武王（姬发）于公元前1046年即位；春秋中叶大约是公元前246年。

国所仅有，①也是中国诗歌的骄傲。问题不在于统治者和民间的重视，更在于它一出现便是惊人的完整和成熟。《诗经》的开始就意味着完成（当然是经过后人的"删削"），它建立并宣告了一个诗歌体系的诞生：在诗歌的性质与功能上是"风、雅、颂"并备，在诗歌的艺术与技巧上是"赋、比、兴"俱存。

而《诗经》的意义，远不止于诗歌原则的建树，历来对于《诗经》的评价，都远远地超出了单纯的审美范畴。它被认为是一部"经夫妇、成孝敬、厚人伦、美教化、移风俗"②的全能的教典。在古代，《诗经》的功能远不止于艺术的和审美的，它是一种全面的教化。孔子教导他的学生们："小子何莫学乎诗？诗可以兴，可以观，可以群，可以怨。迩之事父，远之事君，多识于鸟兽草木之名。"③在当时人们的心目中，这些诗教不仅在于审美，更在于"实用"，孔子说："诵诗三百，授之以政，不达；使于四方，不能专对，虽多亦奚以为？"④

---

① 《圣经·旧约》中有"诗篇"，但那是经中之诗。
② 《毛诗序》。引自郭绍虞主编：《中国历代文论选》（上册），中华书局，1962年，第44页。
③ 《论语·阳货》。
④ 《论语·子路》。

　　《诗经》的成为"经书"而与《礼记》《左传》《大学》《论语》等并列而成为中华文明的经典，是由于它最早就形成"乐而不过于淫，哀而不及于伤"的诗性准则，它承载了中华文明的精髓。《诗经》是中华诗情的源头，对后世的诗歌有着深远的影响。它给了我们最早的诗歌创作的典范，即一种全面的由审美进入而达于优化人生的诗歌准则，是一种始于诗性而达于诗教的古代诗歌理念。迄今为止，它依然是中华诗词的灵魂和根本。

　　《诗经》是向我们全面展示诗歌魅力的集大成者。无论是从抒情或叙事的角度，也无论是从批判或颂扬的角度，它都是无可企及的典范。对于战乱的忧思，对于和平的向往，特别是对于人间温暖的缅怀，对于四时风景的咏叹，都为中华民族的优美情操注入了永恒的活力。

　　　昔我往矣，杨柳依依。

　　　今我来思，雨雪霏霏。

　　　行道迟迟，载渴载饥。

　　　我心伤悲，莫知我哀。①

———————————

① 《诗经·小雅·采薇》。

　　《采薇》是征人劳顿思乡的哀歌，吟唱于艰危极重之时，令人震惊的是，这些劳卒的哀伤心情此刻却由于"依依杨柳"和"霏霏雨雪"的"好心情"的"嵌入"而得到了释放。这种近于"奢侈"的审美（对于悲哀）的介入，在提醒我们一种适当的诗的情感姿态。要是只热衷于"言说"而忘记这种"描写"，那么再动人的至情的表达也无从说起。而正是《采薇》一类诗歌的抒情所给予我们宝贵的启示。

　　《诗经》是产生于中国北方的诗歌结集，它成为上古中国自民间直抵庙堂的美刺之音的空前集结。《诗经》思想境界高远，艺术积淀深厚，四言短句，吟咏再三，回环重叠，蔚为奇观。可以说，"诗三百"美轮美奂的资质之为后世所追崇，其恒久的盛况是空前的，也可以说是因其"不见来者"而绝后的。历代都不乏对《诗经》篇章的颂扬的言说。《邶风·燕燕》被崇为"万古送别之祖"，①《小雅·采薇》被赞为："历汉魏南朝至唐，屡见诗人追慕，而终有弗逮。"②

　　中华诗歌在南方的崛起，是由一位伟大诗人宣告的。这就是本文开头引用李白诗中讲的"屈平词赋"的创作者。要

---

① 王士禛：《分甘余话》。
② 陈子展：《诗经直解》卷十六，复旦大学出版社，1983年，第543页。

是说《诗经》代表的是以民歌为主体的群体的歌吟，那么，屈原的出现，则宣告了作为个体的诗人写作时代的到来。正如《诗经》是不可替代的一样，屈原所代表的楚辞也是不可替代的。屈原充分个性化的诗歌，融君国与个人的忧思于一体，开启了整整一个时代的灵智。屈原创造了一个艺术个性异常鲜明突出的诗人形象，哀郢怀沙，香草美人，奇诡华艳，温雅皎朗。

个性突出的诗人的出现，标志着中华诗歌一个（由群体吟咏到诗人创作）新的时代的到来。北方—南方，群体—个人，歌谣—诗人创作，从自然推进到全面展开，从初始到成熟，中华诗歌就是这样一路经历曲折而健康地行进着。它有惊人的自我调节并自我完成的平衡力，它以绵延不断的后续的奇迹而成为一个古老的诗歌传奇。

一代又一代的诗人沿着屈原开辟的道路，独立而自信地创造着、延续着、展开着。自此而后，诗有魏晋汉唐之盛，词有豪放婉约之分，由此进入元、明，乃至于清，以诗词的繁华鼎盛，挺进于日益隆盛的叙事作品之中。这些"侵入"叙事和戏剧的对话与情节乃至细节的诗词曲赋的碎片，如星月点缀了中国近代文学的华彩。中华诗词因之也在所有的文学中永存。

历史抉择与内心隐痛

至于现代文学中白话新诗的出现，毫无疑问，这是一场划时代的诗歌革命，它酝酿甚久，并非一时冲动的行为。这只要查看自黄遵宪、梁启超到陈独秀、胡适的一些关于文学改良和文学革命的文献即可明白。这是经过深思熟虑的一种历史性的抉择。

白话新诗的创意是以西洋诗歌为模本，更以数千年的古典诗歌为"假想敌"，必欲去尽千年诗史的繁华锦绣，使之洗尽铅华，抛却隽永之神韵，摈弃铿锵之节律，是由贵族返至平民，由台阁回归俚俗的义无反顾的行为。从黄遵宪的"我手写我口"到胡适的"要须作诗如作文"，他们当年的目标，是要对美轮美奂的中华诗歌传统来一个大的手术，务求去其"文饰"而返回自然素朴。这个弃取的过程的确造成了中国几代人的内心隐痛。

这一切，发生在鸦片战争之后，戊戌维新之间，最后完成于"五四"新文化运动中。新诗革命的缘起与当时的国势衰微、变革图新有关。改革诗歌旨在改变诗歌的与世隔绝状态，使诗歌能够与社会进步、民智开发，与民众的日常生活——传达新思想、引进新思维、表达新情感——保持最密切的联系，最终有益于强国新民这一宏大的目标。是故，白话新诗的诞生及其命运不是一个单独的举措，而是事关改变国运并与中国的社会更新这一重大事件联系在一起的。

我们的确为此付出了代价。这就是：我们为此打碎了一只精美绝伦的古陶罐。这陶罐就是我们的祖先从远古的歌谣开始，经《诗经》、楚辞，以及而后历朝历代的诗人们奇思异想、呕心沥血铸造而成的古典诗歌。而这一主动的"破坏"换来的则是人人能读、能懂，甚至也能写的"白话"新诗——这种诗歌从表象看，与中国古典诗歌相去甚远，却是当日人们拼力坚持和争取得来的。当时的人们很为此兴奋和骄傲了一阵。胡适甚至将它与辛亥革命的成功相对比，认为是"八年来一件大事"①。

新诗运动的策划者的这种欣悦，是由于他们"攻克"了中国文化中最"顽固"的一座堡垒。这堡垒被认为是（事实可能也是）影响中国前进的障碍。那时的人和现在的人感觉

---

① 这是胡适《谈新诗》一文的副题。胡适说："这种文学革命预算是辛亥大革命以来的一件大事。现在星期评论出这个双十节的纪念号、要我做一万字的文章。我想、与其枉费笔墨去谈这八年来的无谓政治、倒不如让我来谈谈这些比较有趣味的新诗吧。"（引文中的标点是原来的，未改。）见吴思敬主编《中国新诗总系·理论卷》，人民文学出版社，2010年，第3页。

可能不同，因为当时是国衰民弱、内忧外患、充满危机感的社会，当生存都成问题的时候，对于"陶罐"的破碎是不会太在意的。所以旧诗的被新诗所取代，尽管有人感到失落和惋惜，却也有相当多的人感到了解放的快意——它毕竟带来了表达的自由。

太平年月人们的感受与动乱年月会有大的不同，一是距离战乱远了，人们渴望享受精美的东西，一是新诗本身存在问题，写作也不在意，于是愈发怀念旧诗的精致和韵味，从而普遍地产生怀旧的心理。这就是近来旧诗词重新受到青睐，而且喜爱它的人愈来愈多的原因。这现象同样地引发了维护新诗的人们的担心和警惕，甚至认为是一种倒退。

我们面临着新问题，我们对此需要重新辨析。事实是时代发生了变化，人们的心境也发生了变化。当今时代我们尽管还有新的忧患，但是国家和社会已经强大和富有，我们不再穷弱，先前那种紧张和危机感得到放松和缓和。我们变得自信而从容。我们不会再把造成衰弱和落后的原因粗暴地归诸旧诗词——事实上它不能为社会的积弱担责。

中国人开始与古典诗歌"和解"。他们开始重新辨识它的博大与丰富，体悟它的精神华彩的魅力，而且重新开启了仿效与摹写的热情。破坏的激情退潮以后，理性与冷静占了上风。人们终于发现，旧诗不曾消亡，也不会消亡。在近百年的时代风云中，它成为一道潜流，依然鲜活地流淌在中华儿女的心中，依然默默地滋润着我们诗意的思维和情感。人们消解了对于旧体诗词的警惕，甚至"敌意"，乐于正视新诗与旧诗同源这一事实，在承认新诗革命的划时代意义的同时，也承认新诗的变革中同样包蕴着对于中华诗歌传统的继承。

新诗的确是展开了中华诗歌的新生面，它规避了古典诗歌那些与世隔绝的弊端，能够零距离地拥抱鲜活的现实生活。一种摆脱了格律约束的、接近于日常口语的自由的诗歌体式，空前地拉近了诗歌与社会变迁、日常生活的距离，它于是成为我们不可须臾脱离的表达思想情感的方式。

旧诗有伟大的传统，新诗创造了新的传统。我们完全有理由骄傲和自豪，我们从未失去旧有的传统，我们又创造了和拥有了新的传统。这是双翼，也意味着双赢。当代的中华诗歌，正以宽广的胸怀接受和包容一切形态的诗歌，各种各色的"主义"和方法，各种各色的形式和风格，当然更包容了源于伟大的古典诗词传统的沿袭，以及同样伟大的白话新诗的无限创造力。

2011年9月30日
于北京大学中国诗歌研究院

长安遗韵

——在第二届中国诗歌节（西安）的讲话

这里是古长安，这里是生长诗歌的都城，这里留下了中国历史上最杰出的一批诗人的足迹和声音。长安城里大雁塔的屋檐下和阶梯旁，曲江边开满鲜花的河岸，到处都飘散着唐诗的芬芳。渭水从长安的北边流过，沿河的柳枝依然摇曳着千年惜别的伤情。出了长安城，北行不远就是临潼，那里的华清宫的氤氲水气中，依然弥漫着旷古的甜蜜与哀伤。从临潼往东走，潼关已隐约可见。"去年潼关破，妻子隔绝久。"①诗歌不觉间引导我们从大国的盛世来到了战乱的硝烟之中。

说到这里，我们还没有说从咸阳到宝鸡的这一段路程。从长安西行，第一站是咸阳，"咸阳二三月，宫柳黄金枝"②。而后是武功，附近有一个马嵬坡，在诗人的笔下描写得凄婉而缠绵的爱情故事，终于无奈地在这里留下一个悠长

---

① 杜甫：《述怀》。
② 李白：《咸阳二三月》。

的叹息。过了武功，是扶风，是岐山，是凤翔，沿途到处都散落着唐诗的闪光的碎片。长安以及长安周遭的那些山川城郭，都被那些才华横溢的诗人们用美丽的诗句"定格"了。我们行走在八百里秦川，仿佛是行走在用灵感和想象力、瑰丽的色彩、动人的韵律所编织的诗的锦绣长廊之中。

那一时代在长安市上饮酒赋诗，在大雁塔上唱酬歌咏的诗人们，此刻已远离我们。但我们依然从他们的诗中看到了他们当年酒后的狂态，也看到了他们当年面对大自然的那份从容与闲适。但当他们面对人世的不公和压迫，也没忘了把这些不安的心迹和揭露的勇气保留在他们的诗中："朱门酒肉臭，路有冻死骨"①，"是岁江南旱，衢州人食人"②。这就是唐诗中愤怒与哀叹的一例。

有唐一代，诗分初、盛、中、晚，名家辈出，高峰迭起。他们为数众多，但却人各一面，个性鲜明，风格迥异。令人感动的是，当他们面对社稷安危、民生疾苦这些重大的题目时，却是这般地心气相近，他们与万民的哀乐与共！

在西安我们感到了言说诗歌的困难。因为我们面对的是古典的辉煌。这种辉煌既使我们感到荣光，又给了我们压

---

① 杜甫：《自京赴奉先县咏怀五百字》。

② 白居易：《轻肥》。

力。记得那年在马鞍山，是第一届的中国诗歌节，会议的第一个节目就是古典诗词的吟诵，当时就受到极大的震撼。后来我们到了当涂太白墓，到采石矶谒李白衣冠冢，在那里寻找过诗人浪漫的水中捞月的足迹。充盈在我们耳边的都是千年以前的声音。那时我联系当今我们的诗歌写作，就感到了沉重的"古典的压力"①。

现在来到了唐诗的故乡，这种古典的压力几乎就是西安的空气。整个诗歌帝国的黄金时代，就这样无声无形地向我们压过来。作为后人，我们因自己的怯弱而无言。这种无所不在的古典的辉煌，涉及了一个伟大的时代和伟大的诗歌，涉及了诗人与时代之间的默契，它的伟大的灵感和表现力，它的自由、开放的姿态与民众的忧患息息相关。所谓的盛唐气象，乃是诗歌与时代高度完美融合的气象。在今日的西安，我们的耳边总不由地响起早已消失的月色和声音——

长安一片月，
万户捣衣声。②

---

① 在马鞍山第一届中国诗歌节，我的会议发言题目就是《古典的压力》。
② 李白：《子夜吴歌》。

　　这诗句用语平常，却是气势高远，雄浑壮阔。这说明，所谓的大国气象，或者说诗歌的大气，绝不是可以随意"造"出来的。它来自诗人的大视野、大境界。我们常慨叹当今是大国无大诗，我们的周遭充满了所谓的"个人化"的梦呓。因为我们的诗歌创作存在误区，我们太相信和太痴迷于所谓的"与世界接轨"了，我们自觉不自觉地按照世界性的"大师"的"范式"写诗，结果出来的作品，不过是在大师的重复中失去了自己。

　　相当多的诗人太过"自恋"，他们以为伟大的诗歌只能面对自己。他们因为鄙弃昔日的"为政治服务"而拒绝社会和大众，他们甚至对摩天楼的坍塌无动于衷。诗人的自私是诗歌的羞耻。幸好，去年五月的大地震，由于广大诗人的投入而赢得了诗歌的声誉，中国的诗人以饱含血泪的声音，表达了他们的沉痛和哀伤。那时的汶川是中国诗歌共同的主题。

　　较之当前文艺的轻薄时尚，较之舞台和屏幕上的无聊轻浮，诗歌是相对严肃的。但是我们依然感到了匮乏，主要是缺少厚重的作品。生当今日，风云世变，也许现今已不是莎士比亚或拜伦的时代了，但是我们还是怀念惠特曼和聂鲁达那样的大气磅礴。我们诗歌的格局与我们的大国地位不匹配。至少，我们缺乏艾青的《向太阳》那样的激情和气势。

　　自我抚摩和无病呻吟的作品太多，生当和平年月，我们当然不会排斥快乐和消闲，但不论何时，这些都不会是时代的主潮。有位经常在电视屏幕上出现的学者警告我们："谁有权力对几亿人的快乐说不呢？"当然谁也没有这个权力。同样，谁也没有权力把文艺的功能仅仅锁定在"快乐"上。我们认定，除了快乐，也许还有悲哀，还有忧患。如同唐代，写《秋兴八首》的诗人，也写"三吏三别"①。

因为身临古长安，满耳都是唐代的声音和色彩，还有那一代人的神采气韵，也深深记取他们的诗歌理想。生当当年，李白尚且感叹："王风委蔓草，战国多荆榛"②，"正声何微茫，哀怨起骚人"，何况我们？李白说，"自从建安来，绮丽不足珍"，他所期待于当世的，是有着建安风骨的"正声"。现在轮到我们发出慨叹了：

大雅久不作，

吾衰竟谁陈！

2009年5月20日

于北京大学中国新诗研究所

---

① 《秋兴八首》和"三吏三别"都是杜甫的作品。

② 此句以后的引诗，均引自李白的《古风·大雅久不作》。

窗子如花,开向春天①

那时所有的窗子都是封闭的。封闭的窗子,使人们看不到外边的风景,看不到星星,看不到月亮,当然也看不到阳光。房屋、树木、人,还有思想和艺术,所有的一切都被这无边的暗黑笼罩着、吞噬着,留给我们的只是无边的暗黑。我们被这无边的暗黑所囚,我们与世隔绝,于是开始无望地等待,而等待也是无边,而且也是暗黑。

记得一位哲人说过,他大概是说,如果有人声称要打开那窗子,得到的是无可理喻的拒绝。如果有人说,如果不开窗子,就将掀开那黑屋,于是那最初的愿望便会不甘情愿地被接受。那人是深知这黑屋的一切的,连同它的积习和惰性。中国的改变,包括中国文学和诗歌的改变,都一无例外地艰难,艰难得想移动一步都不容易,更何况是打开封闭窗子?这就是我们曾经历的一切。

所有的中国人都曾经无奈地面对那封闭的窗子,近乎绝

望地面对那锁住了风景的、与世隔绝的黑屋。记得当年，从远方开来了浩浩荡荡的船队，他们要冲开那禁锢的国门，于是硝烟，于是流血，于是战败和溃逃，于是被迫地割地赔款……这噩梦般的现实惊醒了国人，他们开始寻求新的希望。彷徨之后是呐喊，诗歌也在这呐喊声中惊醒，他们加入了打开窗子面对世界的抗争。

记得那时从天边飞来了一群凤凰，凤凰口衔香木，燃起了民族复兴的火焰。这就是中国诗歌的女神再生的往事。是诗歌强劲的声音，召唤着中国的青春，诗歌打破了千年黑屋的静默。一扇尘封的窗子终于打开，从外面吹进了新鲜的空气，给终年的暗黑裂开一条微缝，透进了一线阳光：女神再生，凤凰涅槃。中国诗人们开始在千年传统的基础上编织新的诗歌之梦。

然而道路并不平坦，由于惯性，由于文化的差异和倒错，也由于政治意识的渗透，那曾经打开的窗子，在冰雪中，在风沙里，经不住那无边的惊扰，又一扇扇不由自主地，甚至是不甘情愿地关上了——关上明亮的窗，曾是那些害怕光明的人们的宿愿——这就是通常讲的，我们在走着一条愈走愈窄的道路，甚至于无路可走。诗歌在风浪中重新堕入暗黑：花朵凋敝，歌唱喑哑，火焰熄灭。那是一段漫长的惊心动魄的灾难岁月。

然而诗歌不会死亡，它是在静默中等待那一个喷发，那一次裂变。"然而现在没有星和月光，没有僵坠的胡蝶以至笑的渺茫，爱的翔舞。然而青年们很平安。"①是的，青年们很平安，青年们在酝酿着一个新的时代。那是一个愤怒的、激情的年代。"地火在地下运行，奔突；熔岩一旦喷出，将烧尽一切野草，以及乔木，于是并且无可朽腐。"②

由此上溯40年，上一个世纪70年代，周遭依然暗黑，而暗黑中有微光，有沉默中的悄悄的呼唤。那是在团泊洼，那是在白洋淀，那是在中国广大的没有星光的田野和村落。有静默的"宣告"，也有坚定的"回答"，以手抄本，以油印件，以传单和张贴，最后是正式的诗刊、诗报的方式，传达着中国最年轻的探索和实验的声音。这是经历了苦难之后的中国诗歌的最强音，诗人告诉我们：相信未来！

窗子郑重而庄严地打开了。诗歌首先宣告了中国的新生。这就是先行者们日夜梦想着的中国的青春。在中国广袤的国土上，所有的窗子如花开放，向着春天。

2012年11月20日

---

① 鲁迅：《野草·希望》。《鲁迅全集》（二），人民文学出版社，1959年，第171页。

② 鲁迅：《野草·题词》。同前注。第153页。

那些遥远的星星

——中国诗歌，在亚洲，在世界

　　中国有悠久的诗歌传统。中国最早的诗歌总集《诗经》出现在距今3000余年到2400余年之间。这些没有署名的诗篇中，极为精美地保留了来自民间的朴实的歌唱。那些优美的情歌，非常细致地表达了青年男女互相爱慕的情态，还有一些诗篇咏唱了戍边征战的苦情，更多的篇章表达了享受生活的自然质朴的情趣，也有强烈的对于贪婪的统治者的揭露和讽刺。这些诞生在纪元至少2000多年前的诗歌，犹如天边的太阳和月亮，历经时代沧桑而明华璀璨依旧，它们有异常久远而鲜活的生命力。《诗经》的一些篇章至今还在中国孩子中吟咏并口耳相传。

　　在中国，诗歌是一道连绵不断的长流水。由于受到儒家学说的影响，"诗言志"成为中国人稳定的诗歌观念。在中国，这种诗歌观念不仅熔铸了民族的心智，而且持久有力地传达着民众的情感诉求，诗歌成为表达他们的欢乐、悲哀或者愤怒的最通常的情感方式。基于此，中国历代的统治者，也总是非常重视诗歌在传达民间情绪方面的特殊作用。各级官员的"采风"之行，其实就是他们了解和倾听民意的诗歌之旅。

从长远的影响看，诗歌的功用不仅在于传达民众的希望和心声，诗歌也成了中国社会从平民到贵族的最重要的审美和娱乐的方式。由于诗歌在历代的普及，它也极大地影响并陶冶了这个民族富于想象和幻想的美好心灵。他们喜爱山水，多愁善感，对大自然充满喜悦和感激之情。单就月亮这一意象而言，它在中国民众的心目中是充满诗意的，是永远鲜活而有灵性的。月亮是中国人永远的心灵的朋友。

中国诗歌取得了历史性的辉煌，它成为中国文化史最为灿烂的一页，也为中国人带来了自豪和骄傲。中国诗歌在长期的发展中出现过很多杰出的诗人，这些诗人创造的无数诗章，组成了一串没有尽头的闪光的珠串。他们于是成为经典，也成为不可逾越的规范。这种无所不在的影响，蔓延到周围的一些国家，在日本，在韩国，在越南，也在域外的许多地方，出现了用汉字写诗的外国朋友，他们也是一些杰出的诗人，他们中有的人，甚至写进了中国诗歌史，包括经典的诗歌总集，如《全唐诗》。中国人感谢他们，同样地引以为豪。

连绵不断的辉煌组成了中国古典诗歌的历史，同时，这些诗歌的"不可逾越"也意味着发展的极限。古典诗歌在意境的营造、声律的讲究，更在情感的表达上，达到了无与伦比的完美。这种臻于至境的局面，同时也预示了潜藏的危机。挑战来自诗歌自身，极致和完美带来的是想象力和创造性的衰微甚至枯竭，在诗歌的高潮过去之后，随之而来的是同样无懈可击的、同样"完美"的模仿和重复。

事情到了近代。中华帝国已是黄昏景象，社会危机四伏，诗歌也是如此。封闭的、妄自尊大的中国，面对着蓬勃兴起的，同时也是咄咄逼人的世界工业革命和国际资本的挑战。中国在列强的坚船利炮威逼之下仓皇无措。敏感的中国知识分子为了挽救国难，也为了强国新民，发起了激烈的文化——诗歌的革新运动。倡导者们以中国古典诗歌为假想敌，他们激烈地抨击古典诗歌的弊端，他们以白话取代文言，以自由取代格律，从而确立白话新诗的主体地位。

这是中国诗歌史上的一场惊天动地的伟大革命。它宣告了辉煌的，同时又是停滞的古典诗歌的终结，也宣告了自由的、开放的、接近人们日常生活的现代诗歌的开始。诸位现在熟悉的中国诗歌，就是这一革命的成果。它的历史只有100

年，它是年轻的，也是受到中国人喜爱和尊重的。它同样凝聚了中国诗人的智慧和才华。它在近代以来历次的关键时刻，同样发出了代表时代前进的声音。"五四运动"时有胡适和郭沫若，后来有闻一多和徐志摩，抗日战争烽火中走来了艾青和田间。

新诗与中国人民患难与共。新诗在"文革"动乱结束以后迎接了它的伟大的复活节，这就是通常称之为的朦胧诗的崛起。这个诞生在20世纪70年代末、与中国的改革开放同步的诗歌运动，以坚定的历史反思的精神，以及非凡的勇气，在思想上批判文化专制主义和现代迷信，在艺术上重新接续了"五四"新诗运动的血脉，点燃诗歌的现代精神的火炬。今天到会的中国诗人，他们不同程度地都参与了这场摧毁精神枷锁、拨乱反正、革故鼎新的艰苦抗争。

（本文为作者在伊斯坦布尔的发言）

2012年6月3日草稿于北京大学

2012年6月14日修改于伊斯坦布尔

寂静何其深沉①

——记灰娃

灰娃12岁去了延安（这本身就具有传奇性），人们对这个年幼离家的孤单小女孩疼爱有加，她成了八路军的"小公主"，革命大家庭的"掌上明珠"。尽管那年月有常人难以忍受的艰难困苦，但她的日子过得快乐、充实，而且感到幸福。外面世界的风雨硝烟，都不能夺去一个小女孩的天真和梦想，小小的灰娃"每天都有如节日一般快乐"。后来灰娃长大了，战火中迎接了自己庄严的"成年礼"。

当年的灰娃毕竟年小，她对延安的一切都欢喜，她热爱延安的那些人，她把他们叫做"艰苦、紧张而又欢乐的革命者"。小小的年纪，她当然不可能深刻地理解延安，理解它单纯中的驳杂，光明下的阴影。她一厢情愿地认同了，并且热爱了这座贫瘠山沟里的乌托邦，这里是幼小灰娃的理想

---

① 这是灰娃《寂静何其深沉》中的诗句："寂静何其深沉/声息何其奇异/宇宙一样永恒/参与了鬼神的秘密。"

国。她对延安始终怀有梦境般的亲切和欣喜。

她真情地拥抱了那里的一切：乐观、平等、友爱、正义、为追逐光明而时刻准备献身的理想主义，以及在严酷的缝隙中透出的些许人性的光辉。灰娃叙述说："对每个人，这里都是一种新型的秩序，全新的同志关系。大家都是热血青年，为奉献，为理想，为牺牲而集合在一起。"延安的岁月在她的心目中是通体的光明，并且由此形成了此后对一切事物进行价值评判的标尺。

在灰娃的叙述中总是把延安时期和"49年以后"加以区别。她觉得"以后"和"以前"不一样。她怀念"以前"拥有的社会环境和人际关系，她不能接受"以后"的现实，她甚至为此找到昔日的首长，吵着要回"以前"的延安。她把进城后感到的一切，叫做"胜利的苦恼"："我觉得进入了一个怪诞世界。我从未见过那样的环境，甚至内心显现出幻象"，"我只是害怕，不知为何如此，也不敢和人说，怕人们责怪我。"[①]

灰娃只生活在"以前"，而与"以后"的周围的世界格格不入。此时她面对的是无端的责难，从走路和说话，从姿

---

① 灰娃：《我额头青枝绿叶》，人民文学出版社，2010年，第123页。

态举止到穿着打扮，一切都错。由于心灵受到挤压和打击，她内心充满恐惧，她因被虐而成了新时代的"狂人"。这个在延安时代受到人们宠爱的骄傲公主，终于在她所厌恶的、无休止的政治口号和政治批判中精神崩溃。

其实，灰娃始终钟爱着她心目中的革命。她童年抛弃了优越的家庭环境，青年时代又永别新婚的丈夫——一个年仅23岁的青年军官，洒血在鸭绿江彼岸的战场①——她始终无怨无悔，只是希望革命"不走样"。然而她面对的却是另一种令她惊诧与感到恐怖的现实。灰娃的遭遇使我们联想到鲁迅笔下的"狂人"。那狂人其实是最正常的人，当边上的人们醉生梦死的时候，他敏感地觉察到历史的颠倒，他以众人惊异的语言揭示了5000年"吃人"的历史。

我们如今面对的这个女性，她同样是时代的先觉者。当周围沉浸在"颂歌"的欢乐时，她感到了黑暗的逼迫和苦难的降临，她的内心充满了恐惧与忧患。懵懂的众生不会有这种压迫感。灰娃属于我们时代神志最清醒、神经最锐敏的先

---

① 灰娃：《我额头青枝绿叶》，人民文学出版社，2010年，第151页。作者自述："那时战火纷飞，部队调动频繁，我们之间没有时间多接触；加之部队接受了新的任务，我们匆匆履行完结婚手续，便背起背包奔赴前线了。……他奔赴战争一线，我们俩自是离多聚少。其实，把我们共同生活的那些个零星日子加起来，也不足一个月的光景。"

驱者。她是一只吵人清梦的提前报晓的晨鸡，她在沉沉的午夜呼唤光明。

也许人们难以想象灰娃的失望乃至绝望的缘由。那原由也许并不止于我在前面叙述的那"单纯"的"革命"。其实当日延安集合了中国当时最有理想、也最有才华和智慧的青年。他们带来了中国和世界文化的精粹。中国最优秀的作家、诗人、艺术家和学者，都为着一个光明的中国而在这里播撒文明的火种。他们的言行举止，不可能不影响这个聪慧而好学的女孩。

在灰娃的自述中，我们可以看到当年以至此后都不过时的艺术经典和时尚术语。戏剧方面：《铁甲列车》《悭吝人》《新木马计》《日出》《雷雨》《北京人》《太平天国》；歌曲方面：《黄河大合唱》《青年大合唱》《酸枣刺》《长城谣》，用俄语演唱的《五月的夜》《夜莺曲》《苏丽珂》《牧羊女》；还有文学：托尔斯泰、巴尔扎克、莎士比亚；还有伦巴、探戈、交谊舞……此外，当然还有根据地土生土长的艺术品类。20世纪50年代进了北大，灰娃接触更多的西方文化。由此可知，灰娃的憧憬和失落并不单纯。

灰娃比我年长，她去延安的时候我才7岁。当她成为延河边的一颗明珠时，我还在南中国的一座城市为了躲避战乱而不断地变换着小学。我们的时空是错置的。同样是经历了革命岁月，17岁参加军队的我已失去了灰娃当年的纯真，我在严格的纪律中渴望自由。我们的共同点是有一个共同的理想。地球很小，我有幸与灰娃于20世纪50年代在一座校园中"相遇"。[①]人们告诉我，俄语系有一位引人注目的身穿白色连衣裙（那时有点"另类"，更因为她是老革命，就更引人议论了）的女生，可是我们无缘结识。

但作为同时代人，我们呼吸的是同样的校园空气，感受着同样的社会氛围，而选择却迥然有异。当时同在校中的林昭，选择的是激烈的公开拷问，而灰娃选择的是无言的内心反抗，她们都为此而付出沉重的代价：健康、家庭、爱情、鲜血以至生命。当日的我，在矛盾重重的心情中选择了隐忍地保全自己。[②]

灰娃的生命是一个奇迹，她历经苦难，几度濒危，向死

---

① 我们同年进入北京大学，我是中文系，她是俄语系。我们其实互不认识，同在一个校园而不曾"相遇"。

② 在《怀念林昭》一文中，我写道："在那个炎热的夏季，我内心充满了痛苦。一方面，我为那些站在时代前列独立思考的、勇敢的言论而私心敬佩，另一方面，我又不得不被动地参与那些狂风暴雨式的'斗争'——看着那些当代的才俊之士、那些思想的先驱者一个个在我面前倒下。当我在这种恶劣的环境中卑劣而胆怯地存活的时刻，林昭正在为她的信仰而一径向前走去。"许觉民编：《走近林昭》，明报出版社有限公司，2006年。

而生。是诗歌给她又一度青春年华，诗歌和艺术使她绝处逢生。她因眷恋光明而在黑暗中歌唱，她无心于做诗人，却无意间成为了将20世纪的苦难和追求的全部诗意保全下来的诗人。当然，她是以血泪和伤痛为代价创造了这个诗歌的、同时更是生命的奇迹的。

2010年12月20日
于北京大学

今夜，我在德令哈

20多年前，一位诗人来到距离北京很遥远的一座城市。他为这座城市，也为他自己、为他心爱的姐姐写了一首诗。因为太遥远，人们对这座城市很陌生，但是，多情的城市记住了他。令人感动的是，在他离开人世整整24年之后，多情的城市以他的名义，以今天这样隆重的方式举办了首届"海子青年诗歌节"。

为了配合这次活动，《柴达木日报》从2012年7月24日起，连续六天以整版篇幅发表了他的诗、他的朋友的诗，以及纪念他的文章。这座城市的义举，感动了全中国的诗人。他们乘坐飞机、火车，再经过长途汽车，忘了旅途的辛苦，从四面八方聚集在这里，以诗歌的名义怀念他，也以诗歌的名义感谢这座城市。

海子说，今夜，我在德令哈。也是昨夜，我坐在海子经过的这座城市的一方书案前，照他的样子接着说，今夜，我在德令哈。我在写这些文字的时候，窗外潇潇地下着雨，如同当年当日，海子隔着车窗的雨帘所见那样，潇潇地下着雨。

那些隐身在云层深处的神明，好像感应了这种人间的温情。它们，没忘了20多年前的那场雨。从昨天下午直到晚上我写这篇文字的时候，我的窗外始终都在潇潇地下着这场充满思念的多情的雨。

海子写：雨水中一座荒凉的城。其实那城市未必荒凉，荒凉的是他的心。燎原先生应该清楚，海子写这诗的时候，应该是1988年的现在这个时候。要是我的记忆没有错，那一年，他也许是从德令哈一路走到格尔木，再从格尔木翻越唐古拉山到了拉萨，或者说，他从格尔木先到拉萨，在格尔木通往德令哈的列车上，认识了这座当时并不知名的城市。当年的海子，满眼都是戈壁，都是荒凉。

1988年，海子到达拉萨的时候，我也在拉萨。我们在布达拉宫广场前的一座房屋里见过面，那是我和海子的最后一次见面。以后，便是令人伤心的1989年3月26日；以后，便是骆一禾整理遗稿，写海子生平；以后，便是同年5月，骆一禾因积劳病倒辞世；再以后，便是同年6月10日，北京的师友在八宝山送别骆一禾那个同样令人伤心的时刻。

朋友们记住了这一切，诗歌界记住了他们，德令哈也记住了那位曾经到达这里，并在列车上的夜晚，在雨中，在灯下，写《姐姐，今夜我在德令哈》的那个人。

20多年不曾遗忘。20多年后的今天，人们用这种方式怀念诗人、怀念德令哈的那个夜晚。作为来自和海子同一所学校的我，今天在这里，愿意以校友和老师的身份感谢青海、感谢德令哈、感谢这一片多情多义的土地。

我祝愿首届"海子青年诗歌节"圆满成功，更希望这个诗歌节如同"青海湖国际诗歌节"和"世界山地纪录片节"那样，有了美好的开头，更有美好的延续。每一年，在这个时候，我们都来这儿和诗人相聚，如同每年的迎春花开时节，北大的师生和他相聚一样。

2012年7月30日
于德令哈

那盏灯永远亮着①

——怀念我的韩国兄弟许世旭

我从没把他看做是外国人，正如他从来没把中国看做是异乡。从一见面，我就认定他是我的骨肉同胞——那时严家炎、孙玉石、我与他初相识，我们就认定我们是一家异姓兄弟。四人中按年序排列，我最年长，是老大，严家炎次之，他第三，孙玉石第四。以后见面，我们就这样老大、老二、老三、老四地互相称呼。

他总是匆匆地来，匆匆地去。他来了，我们兄弟四个就找机会聚聚。他嗜酒，我能陪他，可惜严、孙二位却是滴酒不沾。所以，我和他就没有开怀畅饮过。但毕竟，相知用不着酒，用的是心。我们三位和这位韩国兄弟的心，始终是相通的。

记得当年，中韩两国尚未建交，我们之间的手足情就先

① 许世旭有诗集《一盏灯》，百花文艺出版社，2005年。

于国家建立了。我们邀请他到北大来做讲演，讲的是诗，海峡两岸的现代诗。北大历来提倡学术自由，不管当时两国建交与否，只要我们认定了是亲密的朋友，这就够了。

许世旭在台湾的名气很大。他和台湾那班朋友诗酒流连，放浪形骸，早已混得熟了。台湾的朋友也从来不把他当外人。他自称"高丽棒子"，朋友们也这么叫他。叶维廉说他是"一个用韩文用中文写作的属于韩国也属于中国的诗人"。洛夫也说："许世旭对于中国传统文化熟悉与热爱，远远超过一般的中国人。"

许世旭从来不掩饰他对中国的深情："台湾老家"，"台北是一只云雀"，"我的台北仍是二十六岁"。他把中国看成了另一个故乡："我有两条母船，一条生来泊在北方的半岛，另一条生后泊在西太平洋的宝岛。……回航到宝岛北部，还没有落地，心已拍跳的毛病。心跳，就年轻人说来说，情苗滋生的预兆，而这久违了的青春病，怎么复苏呢？想必不是，而是如怯如惧的近乡病，可见家乡是暖人的，也恼人的。"①

他的另一种乡情是植根于中国文化，具体说，是汉字，

---

① 许世旭：《一条小母船》。见散文集《移动的故乡》，百花文艺出版社，2004年，第208页。

汉字把他孵化成为了"中国人"。他对中国文化和诗歌的痴迷和透彻的理解，足以让土生土长的中国人为之汗颜。请看他的《中国诗人，必须中国》①，这是一篇精致的短论，寥寥数语概括了数千年中国诗学的根本：

翻开中国诗史、诗论，就会发现下列最基本的诗观。即以"诗言志"作为原论，再以"赋、比、兴"作为技巧要谛，再以"兴、观、群、怨"作为诗的功能，再以"气韵"、"境界"作为艺术的深度，再以"文气"作为自然的韵律。这些老调，换成现代名词的话，相当于抒情诗说、诗之描绘、比喻、联想、暗示手法……

作为现代诗人，必须现代，作为中国诗人，必须中国，而且作为诗人，必须艺术。让我们一齐祝福中国新诗的光明前途。

他的这些观点的剀切透彻，甚至一般的中国学者都难以抵达。这益发增添了我们对他遽然离去的伤怀。就我本人而言，是失去了一位可亲可敬的异国兄弟；就中国诗歌界而

---

① 许世旭：《新诗论》，三民书局，1998年。

言，是失去了一位参与了现代诗变革的杰出诗人；就中国学术界而言，是失去了一位精通并热爱中国文化、并毕生为中韩两国文化交流贡献心力的最可信赖的朋友。

许世旭生前曾嘱我为他的诗文写些文字。可是，我总拖着，以为来日方长，总有一天可以向他交稿。就是去年在衡阳，一切都如常，我们一起应邀到了洛夫的老家，我与他作为洛夫的异姓兄弟，一起参与了家乡为诗人举办的盛会，还一起登上了祝融峰。谁会想到，衡阳一别，竟是我们的永诀！

他一生都在爱着他的家人和祖国，也一生都在爱着他的另一个故乡——中国："我宝贵的是我响亮的中国年龄。"[①]《一盏灯》是他在中国大陆出的诗集，在那里他依然深情地为中国祝福："希望我的一盏灯能照亮中国的一块角落，还希望中国的读者能记住黄河的河口，在渡过黄海之那边有一个韩国的诗人从小喜欢中国，又爱上过中国人这种跨海的恋情。"[②]

世旭老弟，我不是诗人，我只能借别人的诗句来怀念你：

---

① 许世旭：《我的台北仍是二十六岁》。《移动的故乡》，百花文艺出版社，2004年，第205页。

② 《一盏灯·自序》，百花文艺出版社，2005年。

汉唐是你仰望的星河

明清是你落笔的泼墨

在大地的炊烟中

孤星一般

跨越了山水的极限

不再微醺

却突然多了酒后的蹒跚

缓缓以脚印踏出诗句

一走就是一生

一饮就是一世①

2010年12月17日

于北京大学

---

① 潘郁琪：《雪的失约——骤闻韩国汉学家许世旭弃世之哀》。《创世纪》第164期，2010年。

遥远依然亲近

——读田思

那年从北京飞新加坡，飞行四个多小时才出国境，又大约两小时的光景方才抵达狮城。后来从新加坡飞吉隆坡，再从吉隆坡飞砂捞越，一次、再次地进出关，验证护照，这才感到了路途真的不近。砂捞越又叫北加里曼丹，它的南边紧挨着就是印度尼西亚。毫无疑问，我们那时就在赤道线上梭巡着。尽管南海近在咫尺，可是中国大陆却是非常遥远的北方了。

在砂捞越的首府古晋，迎接我们的马来西亚朋友中就有田思。一样的肤色，一样的语言，接触多了，才知道还有更重要的，那就是一样的中华文化。那时田思正执教于古晋中华第一中学，他带领学生组织了一个非常成功的拉让江诗歌朗诵演唱会，为我们的砂捞越之行增添了繁丽的色彩。田思先后就读于南洋大学和马来亚大学，他是中文系出身，曾获得马来亚大学的文学硕士学位。田思有着很高的文学素养。

他还是一位用华文写作的诗人。

在马来半岛和婆罗洲，华族的先民参与了当地的开发和建设，他们和本地的各个民族融合在一起，以汗水和智慧创造了社会的进步和繁荣。他们无愧于生养他们的丰饶的土地和人民。就华族的几代移民而言，一方面，他们亲密无间地融入了那个社会，另一方面，他们却奇特地，甚至是顽强地保存了自己的语言、习俗、信仰和完整的中华文化。他们把中国大陆带来的中华文明的火种，在异国他乡绵延、传承，世世代代地发扬光大。这真是异常感人的历史事实。

当时我在古晋，后来在诗巫，从不觉得是在遥远的异邦。我们和当地的诗人相聚，就像是在大陆，在内地的某一地、某一日，和亲密的朋友很平常地随意地聚会一样。我们饮茶、谈诗、闲谈或者会议，亲切而且自然。在马来西亚，我们像是在走亲戚。诗巫被当地人称为"新福州"，作为家乡人，我除了熟悉的乡音，更是享用着熟悉的福州美食：传统工艺制作的鼎边糊、肉燕、光饼、鱼丸、猪肉干、地道的闽菜。在诗巫的拉让江畔，我还"遇见"了来自家乡的福德公公以及伟大乡亲——林默，据说他们是明朝漂洋过海来此"安家"的。

我很早（与他会见之前）就读田思的诗。读他的诗不仅没有任何障碍，而且非常亲切，因为语言相通，而且情感的内涵与方式也相近。要有一些差异，那就是他的诗中充满了我们感到有点陌生的马来风情。他热爱生他养他的那片土地，他以汉语文字表达了他的这种热爱。热带雨林的浓荫和阵雨，一望无际的水田有水鸟惊起于苇丛，"像是一串白色的连音符"。还有九重葛牵引的晒台，巴乌莫长屋升起的袅袅炊烟，拉让江涌动着慈母般的脉息。这些都给我们以新鲜的喜悦。

最让人感动的是他对遥远祖邦的怀想和崇敬之情。他的笔下丰富地传达着中华文明的信息，他写惊蛰，写端午，写中秋月，斟杜康酒，品陆羽茶；他读王安石，读苏东坡，他的诗中"跳动着李白和杜甫的灵感"。他用汉字写作，也用汉语吟唱，他本人就是中华文明铸就的知识者。不仅乎此，他付出心血，把这种深沉的中华情结传授给下一代。他教他们读唐诗："孩子，这些黑蝌蚪排队的地方，藏着一个很好玩的唐朝"①；他告诉他们亲切的乡音："或许是你奶奶留声机上转动的潮曲，或许是你爷爷陶瓮上手捏的龙纹，我把先人传下来的心血，用方方正正的笔迹画给你看。"②

---

① 田思：《教孩子读唐诗》。
② 田思：《乡音》。

"黑蝌蚪""潮曲"或者"龙纹",都是他永铭于心的中华文明的符号,也是他准备传给下一代的文化遗产。而诗歌就是其中的一种方式。有一首诗叫《墙上的声音》,其实就指的是悬挂墙上的中国字画——中华文明的象征,他不仅自己欣赏,而且依然没忘了把此种心境传给后人:"孩子,当他三岁时牙牙学语,我就让你在抑扬顿挫的跌步中,伴随着那些平仄的韵律成长。"①

由此我们可以悟到,为何在离大陆遥远的半岛,即使年代久远而中华文明却能奇迹般世代赓续的原因。诗人笔下的"孩子"有时是实指自己的子女,有时则指他教育的学生,他自己就是中华文明的薪传者。这是无须号召或指令的,全凭那颗心、那种爱,是一种集体的、自觉而又无声的心灵的召唤。诗人虽然世代生活在远方,他总找机会回乡寻根访祖。这不是一般人寻幽访胜的行旅,对他来说每一次都是朝圣之旅。在洛阳,在白马寺,在龙门石窟,也在泰山和杭州西湖。那年泰山遇雪,即使雪封山道也不能令他却步。对他来说,每一次回归祖地都是信徒的朝觐,都是向先祖的致敬。

对于田思而言,用汉字写诗是一种严肃的事业,他以此

---

① 田思:《墙上的声音》。

表达他的所思所想，诗是他的心声，而不是技巧的炫耀。不论是在马来西亚、新加坡，还是在中国或世界的其他地方，他的诗歌天空非常广阔，他总是用诗来传达他的牵挂和忧虑，为万众的忧乐、为生民祈福。那日他从加帛返回诗巫途中，他发现蛮横的现代建筑正在吞噬江岸迷人的自然风光，他为"消失的梦谷"而痛心。①诗人是入世的，他始终不能忘记他所处的社会和人生，他的心始终牵萦着人世的苦难，他的爱心博大而宽广。

小自一间"没有女主人的书房"，大至世界各处发生的爆炸和流血，纽约双子星座大楼的坍塌，伦敦地铁的毒气袭击，巴厘岛夜总会的连环爆炸，他都不能释怀，也都有诗歌昭示他的"内心的海啸"②。远隔万里，他为中国的汶川地震抒写着悲情，《压不扁的微笑》《我还想跳舞》《女字是怎样写的》，他的这些悲痛的诗句定格了灾难来临时惊心动魄的场景。他坚信：滚烫炽热的泪将汇成一道温泉，灾难与殇

---

① 田思：《消失的梦谷》。
② 这是田思一首诗的题目，在这首诗中，除了上文引用的诗句，还有对社会现实的批判：我听到内心的海啸/在丢着无数破鞋和避孕套的道德海岸/在遍布针孔摄像机和网络毒信的角落/在暴力色情光碟与八卦杂志充斥着的市场/在以偏执和迷信砌成的神秘祭坛……

痛之后必有热泪，它将映照人性的光辉。①

我曾在一些场合表达过我对一些诗人对世事冷漠的不满，现在我在万里之外找到了知己般的安慰与补偿。田思的这些诗作，体现了作为诗人的良知，遥远却是亲近。诗人始终站在真理与正义的一端，他弃取世俗与流行而庄严地承担了使命。他的那些表达了美好情感的诗篇代表了人类的尊严。他堪称是汉语写作的骄傲。田思新著《雨林诗雨》汇聚了最能代表诗人创作高度的名篇，他的这些诗篇照亮了他所诅咒的黑暗的天空。面对名篇《诺科玛》，面对他对这只智慧的海豚"你是二十一世纪最伟大的逃兵"的颂扬，我忍不住击节赞叹！②

在当今的诗歌写作中，我目睹太多的矫作与滥情，也目睹太多的自私与冷漠，在他们那里，诗歌的神圣感消失了，代之以无休止的他人无法解读的喃喃低语，他们缺乏的正是此刻我们聆听到的诗人的博大的爱与恨。一些诗人应当在诗人伟大的悲哀中感到羞惭——

---

① 田思：《灾难之后必有热泪》。

② 田思的《诺科玛》原诗有注："诺科玛是美国海军陆战队中一只受过训练的大西洋槽鼻海豚，具有深测水雷的本领。它在3月28日和同伴首次在伊拉克执行扫除水雷任务时逃跑了。"

天空如此肃杀

纠缠着一只嗜喝石油的秃鹰

与沙漠之枭的恶斗

而落满一地的

却是无数白鸽带血的羽毛

天空该如此冷酷

像不断旋转的绞肉机

绞死五十万个幼童的未来

绞死几万只在海湾栖息的水鸟

毁灭沙漠周围的植被与生物链

连古文明发源地的两河

也在山埃和毒气下窒息①

  是的，天空如此接近，却又是如此遥远。是的，诗人居住的国度如此遥远，它与我们的心却又是如此接近。这就是我此刻放弃了我和诗人共有的最隆重的节庆日，在万家在和平的灯火中欢庆团圆的夜晚，在窗外北京上空——也许在古

---

① 田思《天空如此接近》中的部分段落。

晋或者诗巫或者吉隆坡的上空也是如此——灿烂的烟花映照下，我暂时放弃与亲友共庆春天的欢乐，在书房的一角，独自聆听遥远却又亲近的诗人的心声的缘故。

田思无疑是忠实地继承并发扬了中国新诗伟大传统的杰出诗人，他的创作保存并体现着我们最为珍惜的诗人的品质和操守，他是汉语诗歌写作的骄傲。他的诗如那吹过热带雨林的微风，又如马六甲海峡和南海温煦的浪花，澄澈而透明——他创造了真诚、质朴、清爽、俊朗的诗歌风格。

2012年1月22日至25日（农历辛卯除夕至壬辰正月初三）

于北京大学

从根部到花瓣的距离①

——读林秀美

认识林秀美是在家乡福州的三坊七巷，那是秋日的一个亭午，她在小巷的尽头等我。她陪我拜谒了乡先贤林则徐的祠堂，走访了林觉民和他的妻子同窗共读的小轩，那里有一株他们手植的凝寒蓓蕾的腊梅。这一路，秀美和我谈论的是诗，令我们沉醉的也是诗。家乡的一切诗意被融化在美丽的三坊七巷中：林则徐和林觉民的诗是宏阔而壮丽的，严复和林纾的诗是飞扬而凝重的，林徽因和谢婉莹的诗则是聪颖而灵动的。

陪我访问的这位清清爽爽的南方女子，她也写着清清爽爽的诗。一切都如她的名字，不仅人是秀美的，诗也是秀美的。人的美在于心，诗的美在于情。她已出了几本诗集，读了她的近作《河流是你》，这种感受更真切了。她走过许多

① 这是林秀美诗集《河流是你》中一首诗的篇名。

地方，许多地方的美风景都化成了她笔下的美诗篇。

她说，"倒排岩就是一架竖琴"，"你命若琴弦弦断了才知道什么是千古绝唱"。她又说，倒排岩在她的记忆中，"一半记忆是此景一半记忆是此情"①。她总是能把眼中景，化为心中情，再写成情景交融的诗。有时她即景生情，不觉间就把自己写了进去，她自己也就成了风景中的人物。在《仙人谷印记》中，身边"千年的葛藤"的缠绕，竟成了"我们不老的青春和缠绵的爱情"。另一首即景诗也是如此，面对眼前清澈的溪水，诗人忘情地说，她就是溪底那枚青石，她就是崖上那朵小花：

　　竹筏掠过眼前

　　就是你我前世未了的情缘

　　那小鸟，那游鱼

　　那是我最优美或最后的飞翔②

她从大自然的怀抱中处处感受到爱情的存在，她是为爱而生的。她有着属于诗人的那份纯真。她行走着，感受着大

---

① 林秀美：《雨落倒排岩》。

② 林秀美：《上清溪上》。

自然给予她的美丽。不论她在写什么，她总在写她自己，写自己的"身体轻盈内心高贵"①，她珍爱那美丽的一切。那些山间水涯的湿地，那些湿地上开满了蓝色的鸢尾花；②那些田野、密林、小径——她的家乡三明有秀美得令人陶醉的山水——那里高低错落地生长着花草：杜鹃、草莓和向日葵。风吹过，"大片的庄稼顺势倒伏"，"生命的色彩瞬间明亮"③！她捕捉了瞬间的美，这瞬间于是也成了关于生命和爱情的永久的感动。

林秀美把她所倾心的大地风光，看作是照亮生命的灯盏。她倾心于那些自在的小生命，满天星、蒲公英、野菊花，最高也最大的是向日葵，这些都是自然界最脆弱也最顽强的小生命。诗人钟情于这些"生命的灯盏"，因为它们为歌唱春天而存在：

> 如果你是一滴水珠
>
> 请加入这生机勃勃的合唱
>
> 如果你是一张犁铧

---

① 林秀美：《内心的果实从别人的枝条盛出》。

② 林秀美：《四季行走于每一天》。

③ 林秀美：《瞬间》。

请跟随耕牛的尾巴

收获油菜花的诗意①

她的生命因这种诗意而美丽。对此，她禁不住动情地说："做一个感恩大地的子女多好！"她就是钟情大地的女儿。

《青荷》写的是荷花，秀美说，青荷的开放是一种"痛"。而令人惊奇的是，那"痛"竟发出了"相爱的声音"。表面看，是在写荷花，实际却是在写自己，是诗人自我心灵坦真的表白："在一个夏季的等待中，我依然是你的一个小爱人。"被我引作此文篇名的《从根部到花瓣的距离》，写的依然是荷，是经历污泥的"丑陋"到达花开时的艳丽的荷。这个荷的成长，它的从根部到花瓣间的成长的距离，是艰难而苦痛的，是一个遥远的"从黑暗到光明的距离"。在这里，惯常写爱情的女子，她不期然地调转个方向，发出的是深沉的人生的感悟。

诗人已拥有了关于成熟人生的期待与辨析，她期待着"穿越"。她说，奔走、逼近、穿越是一生的宿命。在题为《穿越》的这首诗中，她继续了关于生命的追求和思考的主

_____

① 林秀美：《生命的灯盏》。

题，并有了更为具体的延伸。诗中出现一个陌生的称谓"哥哥"，加上黑夜的意象，令人联想到上一个世纪那寻找光明的"黑色的眼睛"。这应当是对于那个诗歌时代的追怀。这其间，同样也是一个遥远的距离。这是一场艰难的穿越时空的争取和抵达。在被她称为的"挤压、紊乱自由"的秩序中，我们的诗人意态从容，她"赤足行走，长裙飘飘"，"我的长发和黑夜一样沉默"。

不要以为秀美的诗人只会"在萨克斯音符中跳跃忧郁的情绪渲染如网"①，不要以为她只写"一路曼舞"和"为你相思"②那一路的"秀美"的诗。其实在她的创作之初，她的与柔美相对的另一面，就在《十月，在路上》和《平凡中的不平凡》③等的写作中出现了。秀美的好处是她不单一地只写一种诗，她与同样是拥有花样年华的女诗人不同，她也写后面这一类很"阳刚"的诗，而且也同样地激情而美丽。

《八月的中国》和《别来看我爸爸妈妈》呈现着诗人为灾难而跳动的心，《格桑花不哭》也是为苦难而写，那深切

---

① 林秀美：《回家》。见诗集《水上玫瑰》，作家出版社，2001年9月，第120页。

② 见上引诗集《水上玫瑰》。"为你相思"是诗题，"一路曼舞""花样年华"都是诗集中一个辑的命名。

③ 见林秀美诗集《想象》，海潮摄影艺术出版社，2006年。

的同情"来自我的家乡福建三明从金溪、沙溪到尤溪流域的千山万水"。《山村深处》是对一个非凡的普通人的礼赞。这些诗,她都写得认真,投进了她全部的爱和心力。秀美多方位的诗歌才能,特别是她那日益显得成熟的诗歌技巧,在《以春天的名义一路奔跑》中得到了较为集中的展示。人民的新生活从一缕风开始,池塘、稻花、虫鸣、花朵、星辰和无边的月色一一醒来,擂响阳光的鼓声。一夜间,穿着蓑衣戴着斗笠的农民,把绿油油的秧苗和一颗颗会唱歌的心,种在那南来的风里。很明显,她的新鲜的用词,摈弃了此类作品容易有的陈旧感。

她能够十分熟稔地以抽象的言说来涵括繁冗的具体(同样排斥了琐碎的罗列),而这种能力,往往是柔情的女性诗人们所拒斥或难以抵达的。当下的诗歌写作,诗人的自我封闭,以及对于身外世界的冷漠或拒绝,已是相当普遍的病象,有些人习惯于以"纯诗"为盾牌,或以"不屑"于政治为借口,掩饰诗人的冷漠或自私。而我却在秀美的写作中看到了另一番景象,这是令人欣慰的。秀美是能轻能重,能柔也能刚,她的写作的确展示了收放自如的才华。

一些诗意绪含混,一些诗内涵单薄,即使在她自己十分看重的《穿越》中,也存在抒情向度不确定和理路不清的缺憾。秀美还年轻，她的写作还才起步，她正沿着自己设定的从根到花的距离和过程，一路艰辛地前行，她一定会在实践中不断地完善自己，用辛勤的劳作换取花的盛开，果的成熟。这是我对秀美的真诚期待。

2010年12月26日～31日

福州—莆田—永泰—厦门

于永泰青云山云水阁

女人在雨中做梦

——读张秀娟

　　她的笔名是苇子，而我只喜欢叫她秀娟。苇子是在我们认识之后用的。秀娟则是那年那日午后，在湖州的那座园林，在那个开满荷花的小轩旁，我初识的那个江南女子。那是一个会议后的休闲时光，我们去了湖州。她避开了一切喧哗，在那里独自对着满池的荷花沉思，有点忧郁，又有点矜持，更多的是一种沉静的美。我们就这样认识了。那时候我知道她叫秀娟，我愿意这样叫她，或者如她母亲那样叫她秀秀。

　　随后，我们就有了交往。秀娟是诗人，也写散文，有时也写别的一些文体，文字的涉及面很广，她对电影、绘画、音乐以及电视，对雷诺阿、马蒂斯、达利和肖邦，都有很深的悟性与认知。秀娟是多识、多才而多情的女人。但我们的交往更多的是诗。她写了诗总给我看，有时我会说些意见，有时则什么都不说。诗是我们心灵的使者。

　　我们隔些时日总会见面。有时是在北京，有时是在杭州。会面也总是匆忙，但也都是美好的。北京是我的城市，杭州则是她的城市。北京的悠远和壮阔，杭州的妩媚和秀丽，都属于我们。秀娟出生并成长在"神仙居住的地方"。仙居那地方我到过，特别是"神仙居"，那里的情侣石、情侣树，还有蜿蜒氤氲的情侣路，都是充满暗示与诱惑的。

我对秀娟的生活经历并无深知，她也许快乐，也许并不快乐。但我认定她是幸运的，她的生命中拥有一道江和一个湖。江是永安溪，那是她的母亲河，是她少女时代的象征；湖是杭州西湖，它是由少女而完成为女人的象征。一条美丽的江，加上一个更加美丽的湖，湖边河岸，凝立着一个穿白色舞鞋的女人。她的诗意与诗心总与水有关。难怪秀娟的诗总是多汁液的，总是蒙着湿漉漉的水雾。这是一个在雨中、水中做梦的女人。

先说她的江，她自谓是永安溪畔的一支苇子。此江是她生命与情感的原点。江是她永远的母亲。在秀娟的诗中，母亲与永安溪是永远的同一，是至爱的亲人与至爱的故乡的同一。《春天素描》可以视为她的少女时代的句号。突然而来的一道"金色的弧线"，把原先宁静的生活弄得"凌乱不堪"，这个永安溪畔无忧无虑的女孩，"挽上全新的发髻，出门时却穿错了衣裳"。她这样写她的成年礼：

相继开放了，书本，词语，野花

相继开放了，苜蓿，裙裾，肉体

　　她仿佛是一只蓝色的半透明的瓷器，脆弱，敏感，易碎。这正是恋爱中的女人的情态。这是她对春天的素描，也是对自己青春的礼赞。永安溪是她从少女到女人的界河："永安溪拦腰进入我的女人时光，一丛芦苇命名了我。"接下来的笔墨是献给母亲的，她小心翼翼地写她的伤感与怀想，秀秀的呼唤在云朵的深处，门前的流水依旧，只是旧屋已更加破旧……秀娟有一种举重若轻的本领，她的笔墨看似不甚用力，却是在众人不经意间显示她的内功："雨滴声使玻璃弯曲"（《一场雨》）；"端午过后，石巷深处慢慢柔软了"（《旧石巷》）。这里的"弯曲"和"柔软"都是独特感受的提炼。

　　要是我没有读错，《慢节奏的邮差》是写初恋的。就是要慢，要让他等，等到"苍老"，甚至"绝望"，然后相爱。这就是恋爱中的女人的狡黠。再后来出现的是孩子，她有意在诗中给孩子的父亲以灰色，而闪耀着光辉的是母性的橙色、粉色和纯蓝，母性是明亮的，当然也是伟大的。在诗集的第一辑，我们的诗人拥有一份自然、天真和单纯，这一辑属于秀娟的少女时光。到了组诗《沸蓝的湖》，一气排列下来的二十首，每一首都与西湖有关，也都与爱情有关，这里意象重叠、繁复，而且充满暧昧，我知道其中深藏着一个成熟女人的全部隐秘。她用了柔软、纠缠、怪异、混乱、艳丽、性感①这些词语对自我的想象。星星般闪烁的意象，落入那湖，它们落入那湖，那里的蓝色是燃烧且沸腾的。

　　故事多半是发生在江南的雨中。《一场雨》《雨水》《突然的雨在下着》，以及《雨季诗章》，她的诗中充满了雨意。一个女人在雨中等待。这里仿佛有一次密约，出租车来了又开走，房间的新鲜如同初识，雨丝是一缕扯不断的情思。她写热情与羞怯，写"红色的睡莲悄然开放"，以及"喘息之中的妩媚"。她在她所喜爱的音乐中听到了爱情的召唤："爱琴弦上肉体的激情，爱空气中细小的淫荡与甜蜜"②，这音乐也是性感的。我看到了女诗人在湖畔雨中的等待和约会，咖啡室明明灭灭的灯光，茶馆窗旁雨丝般的低语……她正从少女完成而为女人。尽管她依然天真，有些

---

① 见《沸蓝的湖》小序。原文："一个个想象自我的身体分离出去——柔软。纠缠。怪异。混乱。艳丽。性感。——一应俱全，它们落入湖中，沸腾，湖水与情感有了全新的颜色。"

② 见《音乐诗》。

任性，时有娇嗔，但她已经成熟："我是大雪中的一个国家——孤独，洁净，结绳记事，不与他人交往。"她是特立独行的。

秀娟的西湖是我心仪的地方。我对她的拥有甚至心怀妒意。那年我到杭州，在西湖的中午有一个匆匆的约会，在西湖天地，也在断桥和平湖秋月，与我约会的朋友动情地对我说：西湖是恋爱的地方，西湖到处都是爱情的暗示与诱惑。这一切，秀娟都拥有了。也许她会在一个雨声淅沥的午夜有寂寞和孤独来袭，但这寂寞和孤独也是诗意的。

至于秀娟说的"悲剧中的喜剧，喜剧中的悲剧"，以及"命运判决书的正面和背面"的所指，这都是生命的密码，外人是永难破译，也无需破译的。第二辑"沸蓝的湖"有很多隐语，有些繁复和生涩，人们只能依稀地猜想和揣测，这增添了阅读的难度。诗的隐曲是自然之理，但有些意象的不确定也是应当避免的。我无意为秀娟护短，诗歌的成熟与阅读的难度不会是正比。

一个诗人在湖边、在雨中做梦。穿过雨帘，我们望到了一个忧郁的背影。这本身就是一首美丽的诗。

2011年8月20日

于北京昌平

池塘春草有余音
——序谢春池

　　池塘春草，谢家遗韵。我不知道春池这名字是谁为他起的，也许是他自己中途改名，也许竟是出自他父亲的灵智？然而，我又怀疑。和春池交往，少说也有30年了，我竟没有问过春池这个挂在嘴边的问题。现在他的父亲已辞世多年，我也无从向他讨教了。这样也好，正好给我以充分浮想的空间。我总佩服给他（包括他自己）起这么有味道的名字的人，不仅是由于蕴藉，而且是由于预见——这名字注定了谢春池必定也必须是一个诗人，而且终其一生注定了必须以诗为伴，而不论他的经历有多么坎坷和曲折，

　　我和春池同姓（也许竟是同宗），谢姓不是福建的土著，追根溯源，应当是遥远的年代从中原迁徙南下的。喜欢攀附名门望族的，往往容易说出祖上曾经是如何的显赫，例如"旧日王谢"云云，为了免俗，这里也就从略了。但事关春池这名字的，谢灵运这位与我们同姓氏的南北朝诗人却无

法回避。他的名篇《登池上楼》里就嵌着春池的大名：

> 池塘生春草，园柳变鸣禽。
> 祁祁伤豳歌，萋萋感楚吟。

这首诗中，前辈诗人已为他指路：《诗经》和楚辞里那些感时伤世的诗歌传统，是他未来创作应当遵从和发扬的。春池没有辜负乡先贤的这个指引，他一边辛勤工作，一边从未间断诗歌的写作。工作是为了生存（当然也有他的理想和兴趣），写诗几乎就是他的全部人生。春池早年家境贫寒，且历经动乱，上学未竟，就开始了作为知青的闽西插队生活。对于一个未经世事的少年而言，这种经历的困顿和严酷可想而知，但谢春池却把它化而为精神的财富和诗思的养料。

除了幼年时代的不灭记忆，在春池的诗歌创作中我们可以看到，他的主要灵感来自闽西和厦门这两大元素。厦门是他的故乡，自不在话下，让他受到痛苦和磨炼的闽西大地，也已融入他的宽阔的生命之中。他把闽西视为自己的第二故乡，直到今天，他仍然与之保持着亲密的联系。他的许多文学和诗歌活动中被命名为"红土地，蓝海洋"的，就来自他生命中这两个最重要的地域：厦门和闽西。他把这二者融会为文化互补和文化融合的符号，一个富有鲜明时代特征的文学主题，甚而形成一个富有建设性的文学理想。

他是如此热爱着养育他的土地，他以文学和诗歌的方式回报土地和土地上生生不息的人民，还有那些历久不忘的记忆。他读"厦门这部书"，也读"福建西部"这部书，读亲人脸上的皱纹，读艰难岁月留下的时间折痕，读到近于痴迷的程度。他自称是"晚出世的人"，他深情回想那些逝去的岁月，以及岁月中逐渐走远了的人，"我把自己放到他们中间"，甚至要俯下身去"闻一闻沦陷岁月的味道"。深刻的历史情结促使他"回到现场"，他希望与曾经的苦难"感同身受"，在春池的这一代人中，这是非常感人的。

春池是热爱工作和生活的人。他不是没有经历苦难，但他能化解那一切："追忆浩劫过的青春，真想不再言说。"他忘我地投入工作，他有做不完的工作，更有不竭的灵感，《心·事》写他的这种忘我境界非常传神："我的心太大太大，我想做的事情太多太多，许多创意又像闪电不断地从脑子掠过，我只好用手赶紧抓住。我已经做了很多很多，还有很多很多事情想做。"春池是工作狂，以至于这些工作一再地夺去了他的健康。但他坚定而坚强："沧桑蜕变为苍老，唯有不可移植的玉质神采依然。"

生性追求完美而难免有些倨傲的他，只有深知其为人的朋友能够体谅他，但他实在是性情中人，喜怒溢于言表，尽管有时难免偏颇。他的那些表达了美好情感，特别是私密情感的诗篇，往往让我们从中窥见他的真我。《又病》《离婚》《落叶》《上班》都是名篇，这里流露了他的真性情。与他相处久了的人都知道，他是那样地看重友情。人到中年，经历了天风海浪，原先有些随性的情感得以沉淀，他显得空前地理性和沉稳了。《雨滴使回忆晶莹》表达了他对冒雨前来聚会的朋友的感动：回忆使今夜每颗雨滴晶莹。他不看重别的，他只看重人与人之间的这份情。

他的思念是那样的深沉，他说，有些思念像淡淡的星，散布在天空的许多角落，它们钻石般的亮度，在生命内部刻上一轮上弦月，照耀黑暗的午夜，瞬间或者永恒与时空无关。作为生长在南中国的一位诗人，他的诗充满了南国风情，温煦而湿润，凤凰木，三角梅，满眼绮丽，更有那林间莺鸣的多情。鼓浪屿雨中的等待多么迷人，鼓浪屿的雨，是钢琴敲出的雨，是花香撒下的雨，诗人说：我站在雨中等你。

钟情如此，足以令普天下人艳羡。

2012年8月8日
于北京大学中国新诗研究所

红粉茶楼上那个女子

——与三色堇有约

　　她通过电子邮件发给我几首诗：《一辆驶往大唐的马车》《在生活的渡口》《曙色与暮色之间》《此岸和彼岸》。她只让我读这些，她怕占用我更多的时间。我感到了她的细心和体贴。但我读了这些，心犹未足。恰好这期《河南诗人》来了，那里有一个栏目，是引人遐思的"红粉茶楼"。她是"红粉茶楼"上的第一嘉宾。《前生》，共十首，我也找来读了。

　　我知道古长安是她现在的城市。那里有李白邀饮的月亮，那诗人一袭长袍，正在酒楼之上捻须吟哦。如今他们是近邻了。在沾着露水和花香的长安，也许她就是当年曲江踏青队伍中那位身着粉红长裙的风姿绰约的女子。她和大唐的那些诗人一样，他们一样是属于诗的。

　　她年轻，有着那份充满生命力的欢愉，却是摒除了属于这年龄的、原本自有的单纯和轻浅。也许经历的风雨催她早熟，因而过早地拥有了"所有事物的前世与今生"①的彻悟，面对"岁月霜晨的清冷与热烈一次次爬满老砖墙"②，她的诗甚至显得有些"苍老"。这女子尽管年轻，却有她的一份深情：此生，注定我会在此把满坡梨花种到天涯，把未央宫里的衣袂飘舞装进了别梦依稀。

她竟然想象自己的"前生"，而且认定是一位戴着草帽的布衣书生。那人在风清月白的夜晚，伫立花前林下，也许沉吟，也许感兴。书生不痴不醉，只知种菜和泼墨，他把一颗冒着热气的心带到了今生今世，成就了此刻做客"红粉茶楼"的那个善解人意的女子。三色堇，那是一丛草花的寻常名字，甜蜜、多彩，然而出人意料地坚忍。也许她女性性格中透出的一股豪气竟是前世带来？

读她的那些诗句，真的是诗如其人，有一种温柔中透出的坚定。她见到远古的陶范，感知生命的标志乃是在"烈焰和泥土中完成"③；她面对千年的青花瓷，礼赞烈火燃烧的柔情，"你简约的姿态，正是我倾心的色泽"④。温柔的多情

---

① 三色堇：《初春·长安》。

② 三色堇：《再次写到长安》。

③ 三色堇：《陶范》。

④ 三色堇：《陈炉青花瓷》。

的心，为路边被铡的青草而疼痛，她甚至感到了那些青草的"眼神和心情"。那些闪着绿色光芒的生命，如何装扮了人们黏稠的夏夜，想到这些，她说，"我已提前崩溃"。

不是一般意义上的爱心与同情，而是一种刻骨铭心的生命的痛感，那些不紧不慢地活着的生命，比人们的生命更为坚韧。这就是此刻在"红粉茶楼"饮茶的如花的女子。这个原本生长在齐鲁大地上的女人，不仅她的名字如花，她的情感世界也充满了花的香气、花的彩色。泰山的巍峨，黄河的雄浑，还有，她如今生活的古长安，灞桥烟柳，渭水月色，无边的宫阙斜阳，都化为了她的玉质花魂。

前面说过，三色堇是一种草花，她平常，却有超凡脱俗的高雅，一朵朵停伫在茎叶间，是一只只色彩艳丽的蝴蝶，她们时刻都想着飞翔。而这正是她的诗的造型：明艳而不飘浮，轻灵而不失凝重。她的诗有大气象。也许是生长于圣人之乡，也许是她现在与李白为邻，总之，"齐鲁青未了"和"秋风吹渭水"的风情，一下子都涌进了她的笔端，化为了如今的满纸烟云。

但她并非无懈可击，语言略有拖沓而少节制，因迷恋隐深而行文偶显板滞。但这并非她的常态。《中国诗人》有她的一组诗，她没有给我，我自己也找来读了。听石也好，听风也好，把酒临风也好^①，都显得舒展而空灵，并无上述那些弊端。其中尤以《雁荡来客》为佳，风流豪爽，自然洒脱。

2012年10月10日

于北京大学中文系

---

① 《听石》《听风》《把酒临风》，均是三色堇的诗题，见《中国诗人》2012年第3卷。

那女子行走在民国街道上
——读施施然，兼及她的诗和画

　　她痴迷于那个年代。那个年代原并不属于她，甚至也不属于她的父母一代人。那年代其实并不遥远，但对她而言却是一个遥不可及的遥远。但她对此绝对痴迷。她只心仪于那个年代的奢华，其实所谓的奢华，也只在女人的服饰，特别是旗袍上，也许与此相关的是旗袍展现的那些对她有点陌生，却又极具诱惑力的氛围和韵致上。她不会知道那个年代有它的伤痛和悲哀。也许她知道，然而她不想在那记忆中停留或深究。她喜欢旗袍，喜欢穿旗袍的女子，还有那些女子的情感世界。于是，一个民国时代，就在她的诗中、画里定格了。

　　她的诗情和画境却是我所熟悉的，那曾是我的亲历。那些民国时期穿旗袍的女人中，就有我的母亲和姐姐，还有我的老师和亲近的女性。在那个年代，女人们的日常服饰就是旗袍，现在人们感到奢华的，却是当时的日常，甚至平常。旗袍成就了对于远去世纪的纪念：宽容、择取，而且承继，即使只是在女性的服装上，它保留和创造了一个时代的华丽。她"悬置"了同样属于那个时代的庞杂和繁冗，包括那个时代淡淡的血污和微微的呻吟，她只倾心于她择取的美丽。

　　我们不能责备她，因为她太年轻了，她已经远离了那个复杂的年代，那个时代的困顿和焦虑不属于她。也许我们应该感谢她的这种"择取"，毕竟她再现了那个时代的特有风情。令人惊异的是，出现在她的画中只有女性，而且她们都是一身优美的旗袍（偶尔也有裙装，那裙装也是民国时代的、同样迷人的裙装）。那些女子都有一份远离尘俗的沉静，有些忧郁，多半是在沉思。陪伴她们的可能是一盆兰草，可能是一杯微温的茶，可能是一架老式的留声机。

　　这里有一幅画，女子披发如水，穿着鲜丽的旗袍，旗袍是月白的底色，大朵艳丽的花，滚边，大开叉，下摆垂及脚面。那女子斜倚着沙发，以手托腮，是在凝思，有些慵懒。身旁的圆茶几上点着一炉香，那香烟也如流水，袅袅地流向远处。整个画面是浅浅的紫，映衬着女子的华丽。这画的题目是：预谋一场两千年后的私奔。画面应该是在民国，那女子如何"预谋"，况且还是"两千年后"？恰好有一首同题诗为此做了注解：

> 想你之前，我要点一炉香
> 你可以叫它沉香屑，或者薰衣草
> 紫色香雾是你延伸来的藤蔓。我的
> 思念，是藤蔓里盛开的百合
>
> 古时候的书生，沐浴熏香后读书
> 而今的我，在香气氤氲里想你

　　我不知道是先有画，还是先有诗？但我知道在这里，诗与画是相互阐释的。有趣的是这里的时空被有意地错置了，浮想中，她先是把自己设想为那个画面上穿旗袍的女子，再把时间推进到两千年前（那应该是《诗经》中那些在溪边泽旁唱着情歌的女子了），设想着她与情人的密约。也就是从那时开始，她"预谋"了两千年后的"私奔"。穿旗袍的女子，就是如今写诗作画的女子，就是我此刻（在深圳的拟古乡村宾馆）认识的她！一下子跨越了三个时代，而仍然不想掩抑她的浪漫情怀。

　　由此我断定，她不论在写什么，也不论在画什么，她总是在展现她自己。我注意到，她总是按照自己的形象为她的人物造型，沉静、高雅、矜持，或是凝思，或是款款而行。她是那样神往于她所心仪的年代，设想自己就是那窗前、灯下、凝视外面的春花秋月的多情女子。她梦里依徊于她的年代，她说："我常常走在民国的街道上。"她只看见月色，她只闻见花香，四月天的花香很近："没有愤世嫉俗，只有儿女情长。"

诗人有她的自由，无须我们的引导，我们也不忍惊扰她。我们只看见一些女子优雅地、无牵无挂地行走在民国的街道上。

2013年2月20日
于昌平北七家村

诗歌，为了自由和正义

——诗评家谢冕访谈

倘若离开了自由的表达，我们可以不要诗

素予：您从1958年、1959年就有《回顾一次写作——新诗发展概况》，后来一直研究新诗，到1980年写出《在新的崛起面前》，即"第一个崛起"支持朦胧诗，直到现在一直进行新诗的研究和探索，作为新诗发展的亲历者、见证者、引导者，在与新诗同生共长的过程中，您觉得有哪些得与失？

谢冕：我从少年时代就喜欢诗，有古典诗，也有新诗。古典诗，它站在高处，我是仰望的；新诗就在我身边，很亲切。古典诗好像一座高山在那儿，我觉得我很向往，但是心向往之而不能及；新诗是身边的，好像就是朋友，对新诗本来就有一种很亲近的感受，大概也是由于语言的问题，因为我们用的是现代汉语。应该说我从少年时代就是诗歌少年，很喜欢诗，而且也学着写。年纪大了对成熟的人生回顾起来，我觉得自己怎么那么幼稚，那么天真，居然写了那么

多。但是那种感情是很淳朴的，对新诗很热爱。我从新诗当中懂得了一个道理，即诗歌和人的情感、和人的内心世界是有关系的，特别是和自由的内心世界、一种无拘束的情感是有关系的。倘若离开了自由的表达，我们可以不要诗。正是因为诗歌是和心灵非常接近的一个文体，所以我们很喜欢诗，热爱诗。我是受到了"五四"新文学、"五四"新诗革命的一些前辈的影响的，我觉得他们能够把自己的内心世界表达得那么充分，那么无拘无束，这个境界实在是太美好了，我也要学。那时候，我知道胡适，知道郭沫若，但是后来出现了一些新的诗人，何其芳、卞之琳、林庚等，我觉得他们的表达更契合我，和我更加靠近，我就是这样接近了诗，学习诗，梦想做诗人。

我17岁的时候，中国大陆解放了，我自己也投身革命，穿上军装，那时是非常自觉自愿的，也是很真诚的，几乎没有任何一种世俗的考虑，就是我要告别旧中国，我要建设新中国，因为旧社会对我来说非常深刻的感受就是饥寒交迫、路有饿殍的一种状态。进入新社会，我面临着一个非常大的新问题，即我如何自由地表达我的内心世界，表达我所向往的自由。我认为诗歌的理想就是自由，新诗尤其要自由地表达内心世界和情感世界。我遇到了一种幻灭的感觉，这是非常矛盾的一种心情，一方面我非常热爱新的社会，但是我又在这个新社会当中不能自由地表达，觉得心怀恐惧。这是当时我由少年转入青年时代最深切的一种感受。从那以后，虽然我还写，但是我所写的不是我想写的，我是按照一种理念、一种号召来写的，那不是真实的我，而且"我"也消失了，"我"的消失是最严重的一个事件，诗不能表达一个活生生的、有活泼的思想和情感的"我"，那是最可怕的一个事情了，不幸这个事情发生了。这就是我最终放弃了诗歌理想、放弃写作的一个最根本的原因，我不能自由表达，如果那样写下去，我只能是三流四流的诗人，一流二流的诗人我做不到。有些人说新诗的路越来越宽广，其实不是，是越来越狭窄，甚至到了无路可走的地步。长话短说，我经历了这些以后，它的标志就是我放弃做诗人，一种恐惧感，一种紧张感，使得我放弃作诗。

一直盼望着，像你说的20世纪50年代《回顾一次写作——新诗发展概况》，那是很复杂的一个产物，也可以说是少年无知，受到一种号召，那对诗歌历史是一种歪曲的写作、歪曲的表达。那也是历史的产物，一种非常曲折的、充满了内心矛盾的产物，现在我把它保留下来了。它的主导思想是不对的，将诗歌分为革命诗歌、不革命诗歌、反革命诗歌，现实主义诗歌、反现实主义诗歌，这些观念是有毛病的。当时隐隐地感觉到这是错的，内心深处感觉到是错的，但是又不敢说不对，好像应该是对的，就是这样一种非常矛盾的心情。当时我热爱诗歌，又想写作，但处于这样一种非常复杂的时代环境，只能说是年少无知吧。

一直盼望着，盼望着新诗走出绝路，让我们看到希望，这个希望也就是说，新诗能够和我们的时代、和我们的内心世界结合得很好，从而表现出来的一种状态。于是到了十年动乱结束、政治的狂热过去以后，到了新时期。在还没进入新时期的时候，20世纪70年代中期，1975年、1976年的时候，在"文革"结束前的这个时间段里头，遇到了现在的朦胧诗，后来又遇到了被流放的那些诗人的"地下写作"，包括那批九叶诗人、白色花诗人，被当作"胡风集团"打下去的，还有右派的，他们在地下状态写的那些诗，还有《今天》上的那些诗，我觉得我看到了希望，我终于等到了这一天。这就是当时的心情。所以当时能够毫不犹豫地站在了新诗潮的潮流当中，来表达我自己的感受，这就是我所盼望的诗歌、我所想念的诗歌，现在终于回来了。

我从诗歌少年到重新获得一种新的感觉，大概是这么一个过程。

诗人何为

素予：朦胧诗从20世纪70年代末80年代初到80年代末，持续了大约只有10年时间，就被后来的"后新诗"或者说"新生代"取代了，很多好的经验没有接续下来，在当代仍有借鉴意义，您认为它们有哪些东西是值得现在的诗人学习的？

谢冕：朦胧诗很快就被取代了，被pass，被挑战，后来的一些年轻的诗人觉得北岛、舒婷他们那一代诗人不行，应该由我们来发出声音。这些年轻人当时要取代朦胧诗、挑战朦胧诗，挑战的就是认为他们太贵族化，他们为时代代言，为一代人代言。后新诗潮认为这样不对，认为我表达的只是我自己，跟时代没关系，所以，我不为时代代言，我也不为一代人代言，我只表达我自己。这是当时他们挑战朦胧诗最理直气壮的一个原因。为什么说朦胧诗人是贵族呢？因为他站在高处，在号召，号召说那是黑暗，我要用黑色的眼睛，去寻找光明，是居高临下的，后新诗潮认为这是贵族的。然后他们认为朦胧诗当中最重要的一个手段意象化也是不对的，不要意象化，要口语化，嘲笑意象。他们挑战的目的就是要否定新诗潮、朦胧诗和时代的关系，要把它和时代的关系切断，回到人的自我，我就是我自己，这是当时最重要的一个分歧。

朦胧诗的价值是它概括了一个时代，它能够唤起那么多人的注意，除了诗歌语言等方面的原因以外，诗歌内在的生命正在于此，它对已经过去的那个动乱的时代、那个政治高压持批判的态度，这种批判性，这种和时代的非常紧密的联系，然后在这里头张扬自我，和过去的所谓"大我"不一样，"大我"是一个非常笼统的概念，他的所谓"小我"是有真情实感的、在动乱时代当中走出来的、有崛起的灵魂的那个"我"。后来的后新诗潮要否定这些东西，它来不及接收那种宝贵的遗产，来不及继承新诗潮给我们的重大的启示。意象化是非常重要的一个艺术，不应该轻易地去否定它，用口语化来代替它，用日常生活的样子来否定它。我觉得朦胧诗留下的非常宝贵的经验就是诗歌和时代的关系，诗歌表现一个时代，表现一代人的一种刻骨铭心的苦难经历，表现对苦难的反思，如梁小斌《雪白的墙》，写曾经涂污了的雪白的墙；《中国，我的钥匙丢了》，寻找丢了的钥匙，钥匙如果在的话，他可以回家打开里头的美丽的记忆。到现在为止，不管你怎么写，我觉得非常宝贵的经验就是，要用非常凝练的语言来传达诗人对过去一个时代的批判和对历史的反思，表达在这个过去时代里头个人的痛苦的经历。现在这些表达方式都被否定和忽略了，这是非常可惜的，很遗憾。

素予：朦胧诗为时代代言，同时也通过张扬个性，对过去过于政治化进行反叛。一个时代有一个时代的诗歌，现在这个时代里政治的压迫性很大程度上已经转换为物化的或者说物质的压迫。创作是自由的，诗歌是不是应该有一种天然的反叛性质，现在和朦胧诗所处的环境已经不一样了，那么在这个物化的时代里，诗歌应该是怎样的一种姿态？

谢冕：在这个时代，诗人何为？如何发言？前不久我在北大开了一个会议，会议叫"百年诗歌"还是什么的，是我参与组织的，开幕式是在北大，没有首长、领导，也不设主席台，来自两岸的诗人，按照年序，年龄大的先讲，有6位诗人发言。最先讲话的是大陆的屠岸，他最年长，第二个是洛夫，第三个是余光中，第四个是罗门，第五个是邵燕祥，第六个是郭枫。闭幕式是在友谊宾馆，那天特意请了蔡其矫先生、郑敏先生到会，闭幕式发言是由年轻的先讲，年长的后讲，最年长的就是蔡其矫先生。到蔡其矫先生讲话的时候，他站起来说："诗歌的根本的精神，就是自由。"这是他最后一次讲话，过了几个月他就去世了。我想，诗歌的基本的精神是自由，这和我童年时候对诗歌的崇拜也是一样的，自由地表达你对世界的看法，自由地表达你的内心世界的丰富性，这一点我觉得始终应该是诗人所追求的，应该是诗人高举的旗帜。

你刚才讲了，我们反抗政治对诗歌的压迫，我们做了一些，做得不够。现在看起来政治的这种压迫、约束越来越淡化，这是有目共睹的事实，时代在进步，社会在进步。你能够想象过去你发表诗歌是需要领导批准的吗？你都不一定知道，这个人，尽管他的诗写得很好，但是他的身份适合不适合发表诗歌，需要审查，需要党委的介绍信，要证明这个人可以，然后才能发表。过去是这样，包括我自己写评论文章也是这样的，《诗刊》拿着介绍信到北大中文系的党委，说我们要发表某某人的文章，这都是要经过批准的。你想想看今天是什么境界，是什么样一种状态，这个是有目共睹的进步。

作为诗人，这个时代里的物欲和金钱对我们的诱惑实在是太大了，也可以说是压迫，诗人要怎么反抗呢？诗人是独立的，他就是批判性地存在于这个世界里，批判性地发言，表达自己内心独立的一种宣言，诗人始终是这样的。我们今天，诗人代表着正义和良知，代表着人类最崇高的、最普遍的愿望，我觉得我们现在胸襟、境界没那么高。说几个重大事件吧，比如说纽约世贸大厦轰塌，中国的诗人反应非常冷淡，几乎没有好的作品传世，甚至一片的声音说：炸得好！在这样的重大事件面前，诗人选择什么？我觉得选择人类的正义，选择对邪恶势力的批判抨击，这才是诗人应该做的，然而几乎没有人这样选择，也没有好的作品。

再谈另一个问题，汶川地震时，诗人倒是有很多声音了，但是诗歌质量上不去。现在回顾起来，那么震撼人心的一个事件中，有哪些诗是能够传下来的？没有。传下来的是网络上流行的那几首，《生死不离》《孩子，快抓住妈妈的手》，这些都不是专业诗人写的，一个是歌词的作者，一个是无名的作者。《生死不离》中的"哪怕有一线希望／我也要找到你／我相信我能够找到你"，我觉得写得非常动情，但是那不是最好的诗；《孩子，快抓住妈妈的手》这首诗技术上还有值得再考虑的地方，但是很动人，"快抓住妈妈的手，去天堂的路，太黑了"。当时那么多诗人发出声音，也就是这两首还留下一些印象。这是艺术层面的问题、表达的问题、概括力的问题、提炼的问题。有的人嘲笑地震诗，我觉得嘲笑是没有道理的，那时候的情况真是这样，就是艺术上不去，表达上不去，胸怀足够高、能够提炼一个时代的能力的诗上不去。世贸大厦轰塌后的一阵欢呼，和汶川地震后诗人众声喧哗却没有留下有力量的作品，这两个事例可以说明现存的一些问题。

素予：有些人认为，一般读起来觉得美的诗歌所选取的意象，比如是与自然和乡村有关的，能够给人带来平静，是比较美的，是否可以说诗歌与工业时代或者后工业时代天然就是一种悖离的关系？

谢冕：诗歌与工业或后工业时代不一定是天然悖离的关系，现在我们很多诗表现乡村，书写乡村记忆，那是一个逐渐走远的时代。我们对乡村的怀念，是因为中国就是一个非常大的乡村，从根上来说我们都是从农业社会走出来的，都是农民的后代，所以这种天然的感受是有的。但是工业时代、后工业时代和诗歌的悖离，我觉得这个结论恐怕有问题。其实工业时代在美国、在英国也都有好的诗表现过。像美国和英国这些发达国家，它们离开农耕社会更远了，但是它们仍然有优秀的诗人出现。我的想法是，诗歌始终是和时代在一起的，不管时代怎么变化，诗歌的责任、诗人的责任没有变，诗歌的位置没有变。诗人所处的这个时代的问题，诗人应该面对，诗人不能回避。工业时代、后工业时代的一些问题，诗人应该面对，而且不论是批判也好，歌颂也好，诗歌应该表达出诗人对这个时代的看法。

我们现在的问题基本上有两个，一个非常大的问题是回到内心，回到自我，自我的琐碎，鸡零狗碎，诗人一点都不拒绝。比如我看有的诗，写坐在那儿，切西瓜、吃西瓜、吐西瓜子，写吃西瓜的几种方式，不知所云。另一个问题是对远去的乡村的怀念，这是好的，但是他拒绝的恰恰是这个时代，他不能面对时代的问题。我觉得这是比较大的问题，我的切身经验就是，有一次，我对我的一个学生说，某某诗人有几首非常好的诗，表现科索沃的战争，我希望你在选诗的时候把它选进去。我不知道我的这个学生读过这个诗人关于科索沃的诗没有，他当时的反应就是说：谢老师，你对某某诗人好像情有独钟啊！当时这让我非常难过，因为我觉得写科索沃战争是这个诗人写得最好的，这位诗人和我年龄几乎差不多，这样做绝对不是因为我个人对他有什么感情或者情有独钟。这个时代有战争，有世贸大厦的突然被袭击，有恐怖活动，诗人应该面对，不管你持一种什么样的心境，你应该面对它，而且力求把它表达出来。所以说电子时代也好，数字时代也好，后工业时代也好，认为它们和诗是悖离的，我觉得这是诗人回避自己责任的一个托辞。我的观点是，诗人应该始终和时代站在一起，所有的诗人都应该是当代诗人，表现当代生活是他最应该做的。李白就是当代诗人，他把长安街头酒肆里的狂放姿态表达出来就是唐代的精神，大唐的气象，因为他表达了当代，所以他能够永恒，能够不朽，这是非常清楚的事情。

口语泛滥，诗歌误入歧途

素予：现在有些诗歌过于口语化，您曾写道，这个病根在"五四"时期就已经种下了，"新诗建设过程中'非诗性'的病根，在它的'襁褓期'就不幸地种下了"。应该如何减轻这种病痛？

谢冕：当时就有人批评胡适先生，说始作俑者就是胡适，胡适是第一个罪人。胡适先生当时怎么说的？要作诗如作文。胡适误导了。这是他在美国时说的，这句话缺点大了，作诗怎么能够和作文来对比呢？诗比文要高，诗的语言有自己独特的要求，所以后来又有人说，我们不能因为白话而忘了诗，这是"五四"时代就有人说的，白话诗都是白话，没有诗意，那是不行的，当时就有了这个病症。所以后来为什么会有现代派、新月派出来呢？新月派就想匡正这个缺点，匡正初期的写诗像白开水一样的问题。自由诗自由是自由了，解放是解放了，但是留下了病根，我觉得是有这个问题。不过我也始终没有怀疑当时的这种选择，只有诗体解放了，新的思想、新的思维、新的道理才能进来，才能表达，这是没错的。后来有人算了"五四"的账，我觉得是他们不懂中国的这种新旧交替的时代。

素予：当时倡导白话是为了反封建传统，走了一种极端，现在过于口语化了，是不是应该来一个否定之否定，更多地转向传统中去寻找，更多地向传统靠近一些，还是说新诗本来、天然就是欧化的语言，所以应更加进行欧化的提炼？

谢冕：你提的问题是我的非常理想的境界，就是说，你用现代汉语来写作，但是那里头要考虑我们古典的元素。现在有的人没有考虑到，有的人考虑了但是做不到，这是我们教育的问题，诗人素质素养的问题。你看写诗写得好的，闻一多、徐志摩、戴望舒、卞之琳，在他们的诗中是可以看出古典元素的。相反的，对古典一窍不通，甚至拒绝，要写好诗是很难的，因为中国人写的是中国诗。

素予：您说古典诗歌是高山，至今仰望。在我的理解里，好的诗歌所取的意象和意境有古典美，您曾说海子之后好诗人比较少，现在的诗人写不好诗，少了含蓄、韵律等特质，是不是也是因为古典诗比较难学，有影响的焦虑，所以大家干脆就不学了？古典诗歌是按您所说作为一种隐含的暗流就行，还是说应该与现代诗有一种传承关系？

谢冕：要是诗人们真的像我那样地怀着一种敬畏的心情来对待古典诗的话，这是个好事，但是现在可能这种敬畏心很少。诗人们瞧不起古典诗歌，他们只是年纪大了，阅历多了，读得也多了以后，才逐渐懂得一些道理。一些更加年轻的诗人，目空一切，瞧不起那些东西，也不知道里边的奥秘。很多人不懂旧体诗，甚至认为旧体诗很好写。其实不太好写，他们只是不知道。现在还有所谓老干部体，老干部因为年纪大，缺乏古典文学的修养，他认为七个字、五个字搁一起，那就是古典诗歌。你去读他们的诗的时候会觉得索然乏味。为什么呢？就是我刚讲的那些，他不知道诗歌内在的一些规律，不知道怎么用词，不知道声韵上怎么表达才动听。

所以我讲要对古典诗歌怀有敬畏之心，哪怕起码对它有点了解，可是他们不了解。现在的问题是口语泛滥，诗太容易写了，因为他们认为白话诗没有约束，于是一些比日常口语还要差的话都进到诗里面来了。其实，诗的语言是要求最高的一种语言，是需要经过提炼的。他不知道，他的语言比口语还要差，所以就出现了类似于"今天我去找你／你妈说你不在"，这就是诗。这个例子是陈超有一次在北大发言时说的。现在到处都是这种所谓的诗，甚至比这个还要粗鄙化的、堆起来的、没有节制的诗，它违背了最基本的一个要求，即诗的语言必须是非常精练的、非常精美的、比文学的其他样式要求都要更高的一种语言。现在关于写诗的问题很多，但是这个问题是最大的一个问题。有一些诗语言很俏皮，我觉得我们不会排斥的，像我们都知道的李亚伟的《中文系》，它用很诙谐的语言来表达，写出来也不容易。

素予：古讲"文以载道"，您曾说过："中国特有的社会忧患总是抑制文学的纯美倾向和它的多种价值，总是驱使它向着贴近中国现实以求有助于改变中国生存处境的社会。"您也一直倡导诗歌要和时代结合，这一定程度上也是强调诗的社会功利性，但是如何在诗美和诗用之间达到调和？这一对长久存在的矛盾，是简单的形式和内容的关系吗，还是说需要做出怎样一种努力？

谢冕：要努力，不努力的话诗就是标语、口号、概念化。诗和时代、和道之间的联系是很天然的，好的诗必然载道、必然言志，这是没问题的，但是言志和载道需要艺术的方式，不是简单的"我表达了"就行了，而是要艺术的表达和转换，必须在转换的过程中保存着诗的元素、规律，这样才是动人的。虽然有很多的问题在里头，但是诗人必须努力去做，不然的话艺术就等同于政治，那是不对的。

我觉得现在有一个问题，就是谈道、谈时代、谈政治好像都是没有面子的事情，这样是不对的，诗能够离开时代吗？我们的表达能够离开道吗？不载道，我们载什么呢？重要的是要看怎么表达。政治是大事情，事关国计民生、生死存亡的大问题，诗人表达它不是诗人的羞耻，他必须这样，而且越是大诗人越是不能脱离这些，只有小的诗人，在那儿嘀嘀咕咕的，都是自己的一些事情，而不顾及外面的世界，外面的世界是非常广阔的，是千变万化的。诗人越来越往内心走，走得越来越小越窄化，小得别人都不知道到什么程度了，别人都读不懂，成为梦呓。

　　素予：还有一句话说"国家不幸诗家幸"，诗和时代紧密相关，当前好诗少的原因之一是因为时代太"幸"了吗？

　　谢冕：不是时代太"幸"，时代有幸的问题，但是也有不幸。例如说高度发达的很向前进步的时代带来的问题也很多，随着现代化而来的问题非常多，前几天的毒雾（雾霾）就让我们苦不堪言，生存都成了问题，这就是它的不幸。诗人看到这一点，怎么表达？也许有的诗人看不到，不幸侵害不到他就好了，始终歌舞升平。这样是不对的，诗人敏感的神经应该感觉到时代的忧患。你看我们付出多大代价，时代进步了，社会前进了，但是问题非常多，比如财富增多了，但财富不均，不公平，这是隐忧、隐患，诗人的忧患感就在这儿。诗人的忧患感怎么表达，我们前面讲了，必须是艺术的，是诗的，是充满诗意的，充满幻想的，是有联想、想象的，而不是秉笔直书。

"国家不幸诗家幸"是古代人总结的，诗歌表达忧患相对比较容易，"欢愉之辞难工，穷苦之言易好"，就是说表达苦难容易一点，表达欢乐更加难。社会的灾难对诗人的刺激是第一位的，诗人的神经敏感，苦难对它的冲击非常大，所以就形成了"国家不幸诗家幸"这个问题了。

独立的诗评家不应为哪一个流派代言

素予：当前编选诗集也存在一些问题，比如诗歌排行榜之类的，编辑在选诗的时候，可能会小圈子化，我认识哪些人，就把他的诗收进来，不能宏观地把握中国诗歌的发展方向。您曾编过很多文学大系、文学总系及诗歌集，在选诗方面，您觉得我们应该怎么做？

谢冕：选家应该是独立的。一个独立的诗评家，他不为哪一个流派代言，他不是站在哪一个圈子里讲话的。但是现在诗歌界不是这样，这个圈子有这个圈子的评论家，那个圈子有那个圈子的评论家，评论家选诗就在自己的圈子里选，这是一个陋习，应该排除掉。我标榜的是"好诗主义"，只要是好诗就应进入我的视野。

好诗你怎么选出呢？选家必须自己读，是在许多日常的阅读当中积累下来。要读诗，依靠日常的积累，然后你才有发言权，再把它选进去。我觉得，诗人是独立的，评论家也是独立的。

如果说到诗评，我也缺少独立自由精神，因为人活得长了以后，社会关系很复杂，有很多人情，很多情感写作、友情写作。我这个人吧，人缘好，一般很少拒绝，这是我的缺点。但是我觉得诗歌评论，好处说好，坏处说坏，这是我们应该始终追寻的一个目标，但我自己做得不好。评论界普遍存在这样的问题，而且其他问题更加严重。20世纪80年代还说"我评的就是我自己"，评论家的自我意识很强大，"我"评的既然是"我"自己，对别人可能就很淡漠，对人情、红包就很淡漠，"我"表达"我"自己，评论是"我"表达自己的机会。那个时候还很纯净。后来就逐渐地差了，21世纪以来愈演愈烈，"我"评论的不是"我"自己。所以你刚才讲的，我自己做得也不好，但是我意识到了这一点，我希望别人做得比我更好，走出小圈子，能够坚持"好诗主义"，面前只有好的诗，没有别的什么考虑，这样比较好。

对于诗歌的未来，我不悲观

素予：您也说过，应该是少数人写诗，多数人读诗。现在那么多人写诗，您认为作为一名诗人，应该具备哪些方面的素质？

谢冕：诗人的素质，这个说起来是很难的。但是现在写诗的人多，读诗的人少，这是一个很大的问题。

素予：读诗的人少的原因是因为大家没有时间和心情读诗，还是因为没有好诗所以大家才不读？

谢冕：这里头的因素也很复杂，对读者来说，你的诗抓不住我，我当然可以不读。我读你那些"白开水"，还不如去看小说，甚至去看影视作品，我没有必要读你的诗。大家现在读李白，但是不读你那些口水诗，为什么呢？因为李白的诗抓住他了，而且家长也认为李白这个诗写得好，教孩子们读。有那么多新诗，家长没有说让孩子去读，为什么呢？它的价值在那儿。所以，读者的冷淡是有道理的，这就是一种反抗，就是逆反，就是拒绝，你能说他的拒绝没有道理吗？舒婷也好，北岛也好，我们现在还在读，《致橡树》《祖国啊，我亲爱的祖国》也好，《回答》《一切》也好，这些诗能够概括一个时代，"卑鄙是卑鄙者的通行证，高尚是高尚者的墓志铭"，用非常简单的词语表达非常丰富的时代内涵，能够引起大家共鸣，当然它就流传开来。你不提供这些东西叫他去读又怎么能热爱你呢？这是一个方面，我觉得从读者角度说拒绝阅读是有道理的，他的冷漠是有道理的，因为你没有好诗给他。李白不被拒绝，舒婷和北岛不被拒绝，为什么现在的诗人被拒绝了那么多呢？

从写作者方面来讲，诗人也很可爱。他很热爱自己的诗，甚至可以说是自恋，我觉得这不是坏事情，一个人喜欢写诗，总比喜欢赌博和喜欢毒品要好。再说得严重一点吧，他用时间来写诗总比用时间来打扑克要好吧，对不对？他的热爱是有道理的，我说这是自恋，他觉得他是第一流诗人，这就是他的一种幻想、幻觉：我是开天辟地的，我谁都不学，我就是我自己，表达我自己。所以写诗的人多、诗写得多，并不是坏事情，这是诗人热爱生活、热爱自己的一种方式。

诗人写诗要具备怎么样的素质？写诗对思想层面、情感层面、文学修养层面的素质的要求都是很多的，喜欢诗歌的人不一定都具备这些。这个不要过多地谴责了。但是我非常大胆地说一句：诗不是所有人都能写的，不是所有的人想写诗就能写好诗的，诗是贵族的。为什么诗是贵族的呢？它要有贵族一般的姿态，要有贵族一般的语言，用最好的表达方式，来表达一种非常高贵的、非常优美的情感，非常丰富的内心世界，你做到了吗？不是每个人都能做到的。现在，我们把写诗的门槛降低了，所有人都在写，这不是坏事，但是，你说这种现象正常吗？一个诗人，在社会上应该受到非常高的礼遇，所有人都在仰望着他：哦，他是诗人。现在是这样吗？现在的情况，胡子拉碴，衣冠不整，越是那样越像个诗人，这是一种误导。也许这是世界潮流，但是在我的心目当中，诗人始终是女神，是在云端的，是讲究一些智慧化的，我们现在做不到这些。但是我也不参加那种嘲笑说写诗的人比读诗的人多，这不值得嘲笑，应该说这种爱好是很好的，他喜欢诗比喜欢别的什么都要好。实际上，现在写诗太容易了，让人忧虑的是这个。

素予：再问一个大问题，要推动诗歌发展，您觉得我们还应该做哪些事情？

谢冕：这个问题不大，我的回答很简单：不轻易地否定我们已经取得的成就，我们充分地肯定我们的进步，然后我们也要充分地看到我们的缺陷，看到我们现在有什么地方进入误区了，什么地方是我们的缺失，然后我们照着现在的步子一步一步向前走。对于现在的问题，我不悲观。我退休以后整天很忙，忙的也还是诗的事情，许多的评奖，许多的研讨，许多的出版，许多的编辑，许多的庆典，都是关于诗歌的，从来也没有这么热闹过。热闹归热闹，冷静下来我们想想，我们存在哪些问题，需要我们理性地一步一步去解决。

（原载2013年2月27日《文艺报》）

本色文丛·散文随笔

（柳鸣九主编　海天出版社出版）

《往事新编》许渊冲／著

《信步闲庭》叶廷芳／著

《岁月几缕丝》刘再复／著

《子在川上》柳鸣九／著

《榆斋弦音》张玲 / 著

《飞光暗度》高莽 / 著

《奇异的音乐》屠岸 / 著

《长河流月去无声》蓝英年 / 著

《青灯有味忆儿时》王春瑜／著　　　　《神圣的沉静》刘心武／著

《纸上风雅》李国文／著　　　　《母亲的针线活》何西来／著

《坐看云起时》邵燕祥 / 著

《花之语》肖复兴 / 著

《花朝月夕》谢冕 / 著

《无用是本心》潘向黎 / 著

本色文丛

　　本色文丛是我社策划的系列图书，持续组稿编辑出版。丛书力图给喜欢品味散文随笔、全民阅读与图书文化、名人日记与学术札记、海外文化的人士，提供良书与逸品。

本色文丛·散文随笔（柳鸣九主编）

《往事新编》	许渊冲著	29.00元
《信步闲庭》	叶廷芳著	29.00元
《岁月几缕丝》	刘再复著	29.00元
《于在川上》	柳鸣九著	29.00元
《榆斋弦音》	张　玲著	29.00元
《飞光暗度》	高　莽著	29.00元
《奇异的音乐》	屠　岸著	29.00元
《长河流月去无声》	蓝英年著	29.00元

《青灯有味忆儿时》	王春瑜著	28.00元
《神圣的沉静》	刘心武著	30.00元
《纸上风雅》	李国文著	30.00元
《母亲的针线活》	何西来著	28.00元
《坐看云起时》	邵燕祥著	28.00元
《花之语》	肖复兴著	30.00元
《花朝月夕》	谢 冕著	28.00元
《无用是本心》	潘向黎著	28.00元

本色文丛·日记（于晓明主编）

《读博日记》	张洪兴著	31.00元
《问学日记》	王先霈著	26.00元
《文坛风云录》	胡世宗著	29.00元
《原本是书生》	于晓明著	32.00元
《紫骝斋日记》	马 斯著	31.00元
《梦里潮音》	鲁枢元著	31.00元
《行旅纪闻》	凌鼎年著	即将出版

本色文丛·图书文化

《域外，好书谭》　　郭英剑著　　即将出版

《斯文在兹》　　吴　晞著　　即将出版

《文学赏心录》　　杨　义著　　即将出版

《文学哲思录》　　杨　义著　　即将出版

本色文丛·海外文化

《半岛之半：居韩一年散记》

　　　　　　　　许　结著　　30.00元

《西行漫笔：一个远足者的异国寻觅》

　　　　　　　　王兰仲著　　29.00元

《哈佛周记》（暂名）郭英剑著　　即将出版